Chasseur de Pierres Noires

Paul Toskiam

CHASSEUR DE PIERRES NOIRES

First edition. October 22, 2024.

Copyright © 2024 Paul Toskiam.

ISBN: 979-8227225283

Written by Paul Toskiam.

Also by Paul Toskiam

The Curse of Patosia Bay
Le bus de la peur
The fear bus
Elle mord les Zombies !
She Bites Zombies
No Treasure for the Brave
Pas de Trésor pour les Braves
Black Stone Hunter
Chasseur de Pierres Noires

Avertissement

Ce livre est une œuvre de fiction. Les noms, les personnages, les lieux et les incidents sont le fruit de l'imagination de l'auteur et sont utilisés de manière fictive. Toute ressemblance avec des personnes réelles, vivantes ou décédées, des événements ou des lieux est entièrement fortuite.

Ce livre ne doit pas être utilisé comme source d'information ou de conseil. L'auteur et l'éditeur de ce roman n'acceptent aucune responsabilité pour tout dommage causé par la lecture de ce roman.

Ce roman est destiné aux adultes ayant atteint l'âge de la majorité légale dans le pays d'achat, et contient des scènes qui peuvent être choquantes pour certains lecteurs.

Une mauvaise rencontre

Sylvia vit dans la rue, au jour le jour.

En cette fin de journée, elle s'infiltre dans les recoins sombres du parc, surveillant constamment ses arrières. C'est devenu sa seconde nature ; pour éviter les nombreuses agressions dont elle est régulièrement victime. Elle sait, dans sa chair, qu'une femme seule à la rue est la proie idéale pour toutes sortes de fous. Chaque bruissement de feuilles, ou sifflement du vent, amplifie sa méfiance. La tension de l'endroit est palpable et elle s'avise de le quitter rapidement.

Elle a passé la journée à tendre la main, implorant les passants pressés qui semblaient indifférents à sa détresse. Quelques pièces ont rempli sa paume, une maigre récompense pour ses efforts acharnés. Un hamburger : c'est tout ce qu'elle peut espérer s'offrir avec le butin du jour.

Le crépuscule flamboyant, teinté de rouge et d'orange, offre une composition spectaculaire à travers les branches épaisses des arbres estivaux. La lueur chaude du soleil couchant semble se moquer d'elle, et accentue son sentiment de vulnérabilité.

Sylvia franchit la grille de sortie du parc, son regard fixé sur le camion restaurant repéré plus tôt. Chaque seconde qui s'écoule augmente son angoisse.

Pourtant la fin de journée apporte une ambiance animée devant le camion à hamburgers où elle attend patiemment son tour. La lumière du soleil déclinant baigne la scène dans une teinte chaleureuse, créant une atmosphère agréable et détendue à cet endroit.

La file de clients s'étend le long du trottoir, chacun impatient de déguster les délices proposés par le camion. Les conversations animées et les rires sporadiques se mêlent, témoignant de l'excitation et de l'anticipation de chacun. Certains clients regardent impatiemment leur montre ou leur portable, souhaitant que le service soit plus rapide, tandis que d'autres discutent entre eux, partageant des recommandations sur les meilleurs hamburgers à choisir.

Le serveur du camion à hamburger est un véritable professionnel. Il enchaîne les commandes avec rapidité et efficacité, prenant soin de satisfaire chaque client avec un sourire engageant. Ses gestes habiles et ses paroles sonores ajoutent une dose d'énergie à l'ambiance déjà animée.

Un léger nuage de fumée s'échappe du camion, portant avec lui l'arôme irrésistible de viande grillée. L'odeur puissante se mêle à l'air ambiant, chatouillant les narines et faisant déjà saliver tous les présents. Elle flotte dans l'atmosphère, créant une envie irrésistible de savourer le festin à venir.

Dans la rue adjacente, la circulation est dense et trépidante. Les klaxons intermittents et le bruit des moteurs ajoutent une cadence urbaine à l'ensemble. Les passants pressés se frayent un chemin, se hâtant de rentrer chez eux ou d'accomplir leurs dernières tâches de la journée. Certains promènent leur chien en laisse, tandis que d'autres marchent rapidement avec des sacs de courses à la main.

Non loin de là, le parc voisin déborde d'enfants joyeux qui ont retrouvé leurs parents une fois l'école finie. On peut entendre leurs rires enjoués et leurs conversations animées alors que certains se dirigent sans doute vers leurs domiciles respectifs en sortant du parc. L'excitation de la fin de la journée scolaire se mêle à l'air, créant une atmosphère légère et empreinte de bonheur.

— Qu'est-ce qu'elle veut la jolie dame ? demande le serveur, sortant Sylvia de sa rêverie.

— Bonjour, je voudrais un hamburger avec des oignons, s'il vous plaît, murmure-t-elle d'une voix hésitante.

— Le double hamburger est en promotion en ce moment ! rétorque le vendeur d'un ton mystérieux.

Sylvia compte frénétiquement ses maigres possessions, espérant que la fortune lui sourira et qu'elle pourra céder à cette tentation inattendue.

— D'accord. Un double hamburger ! réussit-elle à articuler dans un souffle tendu.

Le serveur, massif comme un chêne, lui tend un hamburger déjà préparé, emballé dans du papier gras. Elle l'observe avec étonnement. La faim la tenaille, mais le burger lui semble étrangement petit. Son expression déçue n'échappe pas au vendeur.

— C'est un double ! explique-t-il, agacé par son apparente ingratitude.

Elle lui adresse un sourire de remerciement, mais il hausse simplement les épaules, interprétant cela comme une moquerie à son encontre. Sylvia empoigne son précieux repas et s'éloigne d'un pas hésitant, plongée dans la noirceur oppressante de l'avenue.

Les yeux de Sylvia s'écarquillent alors qu'elle déballe son double hamburger, dégoulinant de gras, et en avale une bouchée vorace. Le goût de la viande grillée, de la sauce épaisse et des oignons croustillants la transporte dans une extase gustative. Après une journée entière sans nourriture, ce double hamburger est une récompense suprême.

Elle continue de marcher, cherchant un abri pour la nuit. Ses pensées sont interrompues. Un chien pitbull d'une rare envergure fait son apparition au tournant du trottoir. D'un blanc immaculé, son pelage contraste avec la noirceur de sa tâche distincte, parfaitement centrée sur un des yeux de sa tête imposante. Ses muscles saillants témoignent de sa puissance et de sa stature intimidante. Chaque mouvement qu'il effectue est empreint de confiance et de puissance.

Ce chien, encore jeune et plein de vivacité, arpente la rue d'un pas sûr et décidé, attirant les regards sur son passage. Ses yeux perçants dégagent une lueur de menace, prêts à se déchaîner à la moindre provocation. Ses crocs acérés, visibles lorsqu'il fronce les babines, rappellent son potentiel destructeur.

Tandis que Sylvia se tient là, innocente et sans méfiance, le chien s'approche d'elle lentement, ses griffes résonnant sur le bitume malgré les bruits de la rue. L'instant semble suspendu dans l'air, tandis que la distance se réduit entre eux.

Elle se méfie instinctivement, reculant légèrement alors que le chien, attiré de loin par l'arôme de la viande grillée, tourne déjà autour d'elle, cherchant le meilleur angle d'attaque vers le hamburger.

Les parfums enivrants de la viande grillée et de la sauce épaisse agissent comme un aimant sur le jeune chien. Il tourbillonne avec enthousiasme autour de Sylvia, la suivant pas à pas sur le trottoir. De temps en temps, il saute en l'air, semblant vouloir arracher une bouchée du hamburger. Ses mâchoires se referment dans le vide et il se lèche les babines avant de recommencer.

Elle accélère le rythme, sentant l'urgence de semer ce chien indomptable. Elle replie rapidement son repas dans le papier gras, tentant de le dissimuler, mais rien ne parvient à tromper l'odorat aiguisé du chien. Il la poursuit sans relâche, déterminé à s'emparer de sa précieuse pitance. Un sourire ironique se dessine sur les lèvres de Sylvia. Elle réalise qu'il y a toujours quelqu'un de plus affamé qu'elle, même parmi les bêtes affamées.

Finalement, Sylvia s'arrête, se retournant pour faire face au chien qui la fixe avec une détermination farouche. Les regards se croisent dans un silence tendu, les deux protagonistes évaluant leur prochain mouvement.

Le regard empli de méfiance, Sylvia découpe un minuscule morceau sur le bord du hamburger et le lance en direction du jeune chien qui l'attrape habilement en plein vol. Le chien mâche avec une férocité qui rappelle un prédateur dévorant sa proie. À peine le morceau englouti, la tête du chien se redresse, sa langue se léchant les babines, fixant à nouveau le hamburger de Sylvia avec une avidité grandissante.

Un frisson d'inquiétude parcourt Sylvia alors qu'elle réalise qu'elle vient de franchir une limite dangereuse. Un chien affamé ne sait pas se retenir. Elle tente de repousser le chien qui continue de tourner autour d'elle, menaçant cette fois de lui sauter dessus.

La fureur et la peur se mêlent dans le regard de Sylvia. Dans un geste désespéré, elle délivre un violent coup de pied en l'air, cherchant à éloigner l'animal. Son pied frappe la tête du chien en plein vol, avec une force inattendue. Le jeune chien, déséquilibré, fait une roulade sur le sol avant de se relever promptement. Sans demander son reste, il émet de petits couinements stridents en s'éloignant, tournant à gauche au bout du trottoir pour finalement disparaître.

Les passants témoins de la scène réprimandent violemment Sylvia. Leurs voix s'élèvent, portant des accusations de cruauté : "Espèce de folle ! On ne frappe pas un pauvre animal comme ça !" ou "On va appeler la police, vous allez voir !"

Sylvia, sourde aux reproches qui résonnent dans ses oreilles, continue sa marche d'un pas hésitant. La tension persiste, l'adrénaline pulse dans ses veines, mais elle s'efforce de garder son calme en poursuivant son chemin.

Sous la pression grandissante, Sylvia ressort son hamburger presque terminé, déterminée à l'engloutir avant qu'un autre prédateur ne vienne le lui arracher, même s'il est désormais froid et insipide.

Dans un instant terrifiant, le destin de Sylvia bascule. Comme des ombres sinistres, trois silhouettes s'avancent à grande vitesse depuis la gauche du trottoir, tissant une toile d'inquiétude autour d'elle. Leurs pas rapides résonnent comme une horloge funeste, scellant son sort sans qu'elle s'en aperçoive.

Le regard de Sylvia accroche immédiatement celui du jeune homme du milieu, un géant. Il dégage une aura d'agressivité et de menace. Sa taille imposante accentue cette impression, tout comme sa musculature surdéveloppée. Elle bute du regard sur la puissance brute de cet homme, qui arrive sur elle, et qui je demande qu'à jaillir.

Son visage arbore des traits durs et virils, qu'elle trouve étrangement familiers, comme s'il sortait d'un mauvais rêve. Ses sourcils épais sont légèrement froncés, soulignant son regard perçant qui peut facilement inspirer la crainte chez ceux qui le croisent. Son expression est impénétrable. Sylvia prend peur.

Ses cheveux très courts accentuent ses traits masculins prononcés. Il marche comme un félin, sans montrer aucun effort, avec une fluidité presque irréelle. Il porte un jean robuste et un débardeur échancré qui met en évidence ses muscles saillants et un tatouage gothique qui couvre une grande partie de son torse. Ces motifs complexes et pointus comme des lames aux extrémités renforcent son apparence intimidante. Elle recule de quelques pas sans même s'en rendre compte.

À mesure qu'il approche, elle découvre les balafres, certaines profondes et larges, qui strient son corps et racontent des histoires de violence acharnée. Une balafre particulière barre son sourcil, où les poils ne repoussent plus. Cette cicatrice accentue l'agressivité latente qui émane de tout son corps.

Soudain, sans prévenir, ils fondent sur elle.

Le géant, une masse de muscles intimidante, s'empare du pauvre hamburger qui reste entre les mains tremblantes de Sylvia et le rejette négligemment dans les profondeurs du caniveau. Tout ce qu'il lui reste, c'est un morceau de papier gras froissé, symbole éphémère de son impuissance. Elle sait instinctivement que la fuite est sa seule lueur d'espoir dans cette situation oppressante. Mais avant qu'elle puisse rassembler ne serait-ce qu'une once de courage, les trois hommes la saisissent brutalement par ses vêtements, laissant leurs doigts avides s'enfoncer dans son être.

Sylvia se débat avec une férocité désespérée, se battant farouchement pour se libérer de leur emprise suffocante. Pourtant, ses luttes acharnées semblent ne faire qu'augmenter leur indifférence glaciale. Ils la traînent avec une lenteur calculée sur quelques pas, ignorant ses cris déchirants qui se perdent dans l'air étouffant. Des passants jettent des regards fugaces dans leur direction, mais détournent rapidement les yeux, poursuivant leur chemin sans s'arrêter. Pour eux, la scène semble dénuée de tout intérêt, une banalité dans l'océan de l'indifférence.

Formant un triangle de menace, les trois prédateurs l'entourent dans un espace réduit et oppressant, l'enfermant dans leur étau diabolique. Les deux plus petits, sournois, lui assènent des coups de poing discrets dans le ventre, chaque impact faisant monter en elle une douleur foudroyante. Pendant ce temps, la montagne de muscles maintient sa tête d'un poing serré, comme une étreinte de l'enfer.

Puis, la voix rugissante de la montagne perce l'atmosphère, emplie d'une rage dévastatrice.

— Salope ! Tu as déchiré l'oreille d'Hadès ! s'écrie-t-il, sa voix résonnant comme le tonnerre annonçant une tempête imminente.

Dans cet instant effroyable, le stress atteint son paroxysme. Le souffle de Sylvia se fait court, son pouls résonne comme un tambour obsédant dans ses tempes. Chaque seconde s'étire à l'infini, dévoilant la cruauté brutale de ses agresseurs. Sylvia se retrouve prisonnière d'un jeu macabre où elle est la proie désignée, confrontée à la violence et à l'agonie d'une réalité soudain devenue cauchemardesque.

Sous les coups sourds et violents qui s'abattent sur elle, Sylvia se convulse, ressentant la douleur et la peur se mêler dans chaque fibre de son être.

Hadès est donc le jeune chien. Elle maudit le jour où elle a nourri ce chien errant. Les regrets sont vains maintenant. Les trois hommes n'ont aucun mal à la traîner plus loin sur le trottoir. Sylvia est bousculée, frappée violemment au visage, au ventre et au cou. Puis les hommes la relâchent entre deux voitures, où elle s'effondre, souffrant et en larmes, pendant qu'ils s'éloignent dans l'obscurité.

Sylvia se traîne péniblement, rampant sur le bitume. Elle tente désespérément de se redresser, mais sa tête heurte violemment un pare-chocs. Son cœur bat à tout rompre, sa respiration est haletante.

Elle veut s'échapper de cet endroit au plus vite. Se retournant à quatre pattes, elle s'appuie sur ses genoux et ses mains. Mais cette position est un échec, ses bras ne peuvent plus la soutenir. Elle baisse la tête et vomit une grande partie du hamburger, son précieux repas définitivement gâché. Tentant de se relever à nouveau, elle glisse sur le vomi visqueux et s'écrase à nouveau le visage contre les restes odorants du hamburger.

À plusieurs reprises, elle essaie de se redresser entre les deux voitures, tendant son bras vers le ciel dans l'espoir d'agripper le rebord d'une voiture pour s'appuyer et se relever. C'est alors qu'une petite fille tenant la main de sa mère remarque le bras de Sylvia et s'approche d'elle.

La petite fille et Sylvia se trouvent à la même hauteur. La fillette observe Sylvia, calme et imperturbable. Son regard parcourt le visage souillé et les blessures au cou de Sylvia. La respiration de Sylvia est saccadée, ses grimaces trahissant sa douleur intense. La fillette tire légèrement la main de sa mère, qui se baisse et demande à Sylvia :

— Est-ce que vous avez besoin d'aide ?

Sylvia fixe la fillette pendant un instant, épuisée et désemparée. Une nouvelle vague de nausées la submerge, et elle vomit ce qu'il lui reste dans l'estomac. La mère tire doucement la main de la fillette, qui s'éloigne à contrecœur, mais elle ne détourne pas les yeux de Sylvia. Épuisée, Sylvia glisse à nouveau, s'effondrant avec son bras dépassant du trottoir.

La nuit s'est abattue sur la ville, plongeant Sylvia dans une obscurité oppressante. Malgré ses douleurs et son épuisement, elle doit trouver la force de se relever. Quitter cet endroit est sa priorité absolue. Elle mettra de côté ses souffrances pour l'instant, car elle est habituée aux imprévus des rues. Cette fois, elle se propulse en s'appuyant sur ses coudes, cherchant un appui plus solide.

Soudain, quelque chose accroche sa cheville et la tire violemment vers le côté de la circulation sur l'avenue. Sa tête heurte les carrosseries et s'écorche contre le métal. Une voiture s'arrête à sa hauteur, et quelqu'un la tire sans ménagement à l'intérieur. C'est l'homme surpuissant, la colonne de muscles. Les deux autres hommes sont à l'avant. L'un conduit, les mains gantées sur le volant, tandis que l'autre tient le jeune chien dans ses bras. La colonne de muscles agrippe Sylvia par le col et la place brutalement sur la banquette arrière, à ses côtés. Le passager avant claque la porte, et la voiture démarre lentement, presque sans bruit.

Sylvia tente de crier, mais aucun son ne sort de sa gorge. Elle brûle et est encombrée. Des morceaux de nourriture sont aussi restés coincés dans sa fosse nasale. Elle souffle pour les faire sortir. Elle ne peut pas souffler fort sans ressentir une douleur lancinante.

— REGARDE ! REGARDE CE QUE TU AS FAIT ! hurle la colonne de muscles, pendant que le passager avant leur montre le pauvre Hadès, l'oreille ensanglantée. Quelqu'un a clairement fait un traitement rapide et brutal. De l'alcool a probablement été versé directement sur la blessure. Inutile de dire que Hadès est désorienté, stressé, endolori et difficile à contenir.

La voiture file à toute allure dans l'obscurité de la nuit, emportant Sylvia vers un destin sombre et inconnu.

Un sinistre individu, la colonne de muscles, scelle la bouche de Sylvia avec un large ruban adhésif. Il découpe délicatement deux minuscules fentes au niveau de son nez pour lui permettre de respirer. À chaque coup de coude violent qu'il lui porte, cherchant à l'affaiblir, elle hurle de douleur. Hadès, à ses côtés, hurle en écho à sa détresse.

Sylvia est impuissante, ses poignets attachés, incapable d'utiliser la petite lame dissimulée dans la poche de son jean. Elle aurait pu tenter quelque chose, mais désormais, son destin semble entre les mains de ses ravisseurs.

La voiture s'enfonce maintenant dans un parking mal éclairé, donnant sur l'arrière d'une rangée de restaurants. Le conducteur lève les mains de son volant sport à bandes jaunes, coupe les phares et retire ses gants. Les deux complices sortent de la voiture, tenant Hadès en laisse, un chien qui sautille d'excitation. La colonne de muscles sort à son tour,

Sylvia serrée près de lui, les cheveux agrippés. Elle sait que si elle ne parvient pas à s'échapper, l'horreur l'attend.

Durant ce court trajet, elle a eu amplement le temps de comprendre à qui elle a affaire. Trois individus détestant leur propre existence. Trois âmes rongées par le ressentiment envers une société qui les a abandonnés. Trois êtres frustrés. Elle sait d'expérience que cette frustration engendre la violence.

La colonne de muscles a ligoté les mains de Sylvia, mais il a commis l'erreur d'un ravisseur novice : les liens ne sont pas assez serrés. Elle se jette sur lui de toutes ses forces, enfonçant deux doigts dans ses yeux. Elle court aussi vite qu'elle le peut, droit devant elle. La colonne hurle, les mains sur les yeux :

— Attrapez cette folle !

Les deux autres complices restent immobiles, se regardant, dépassés par cette situation inattendue. Heureusement, la colonne de muscles crie à nouveau : "Hadès !" Une idée géniale germe dans leur esprit. Celui qui tient Hadès détache la laisse et fouette la croupe du chien pour qu'il rattrape Sylvia.

Hadès se lance comme un cheval au galop. Il fonce sur sa cible comme si c'était une deuxième nature chez lui. Il attrape Sylvia par le mollet, la faisant chuter brutalement sur le bitume. Par chance, elle parvient à se relever aussitôt et reprend sa fuite, déterminée à échapper à ses ravisseurs.

Mais les deux complices, qui se précipitent également à sa poursuite, la rattrapent. Ils la jettent violemment au sol, repoussant l'agressivité d'Hadès. Le jeune chien est ramené sous contrôle et mis à nouveau en laisse. La colonne de muscles arrive à son tour, les yeux entrouverts. Il découvre Sylvia gisant par terre, ensanglantée. D'une voix incertaine, l'un des hommes dit : "On s'en va, ça va trop loin !" La colonne de muscles lui assène une claque retentissante sur la tête. Il cligne frénétiquement des yeux.

Il demande à ses complices de transporter Sylvia avec eux.

En silence, ils ouvrent une porte métallique et pénètrent à l'arrière d'un restaurant fermé au public. Ils traversent un couloir sombre avant d'arriver dans une cuisine équipée en inox.

La colonne de muscles prend soin d'attacher Sylvia sur le grand plan de travail central. Cette fois, il s'assure que les entraves aux poignets et aux chevilles sont bien fixées au maximum de leur capacité. Satisfait, il recule de quelques pas pour admirer son travail, clignant des yeux à plusieurs reprises. Ses larmes continuent de couler abondamment, se mêlant au sang de ses yeux blessés. D'un geste rapide vers ses complices, il ordonne : "Allez-y ! ".

Les deux hommes hésitent, déconcertés par la situation qui s'annonce sanglante. La colonne de muscles s'écrie : "On est là, on va jusqu'au bout... " dit-il, s'interrompant brusquement car son regard vient de croiser celui d'une silhouette sombre qui disparaît aussitôt dans un coin au fond de la pièce. L'homme musclé se redresse et marmonne : "Merde ! Quelqu'un nous guette. Là ! Attrapez-le maintenant ! TOUT DE SUITE ! "

Madame Villemont

Vera Villemont a goûté à la joie de vivre une longue existence.

Elle flotte à présent sur le dos dans l'eau de sa piscine luxueuse. Vêtue d'un bikini noir et d'un bandeau maintenant ses cheveux blancs en place, elle savoure la douceur de cette matinée ensoleillée. Elle est consciente qu'à son âge, le nombre de matinées ensoleillées qui lui restent se rapproche inexorablement de zéro.

Matanza, son homme de confiance, s'approche du bord de la piscine. C'est un bel homme aux tempes grisonnantes. Vêtu d'un costume sombre avec une cravate noire et des chaussures d'un noir luisant, presque neuves, il incarne l'élégance que Vera apprécie tant. Il déteste les costumes, mais le destin les a réunis. Il est au service de Vera depuis de longues années. Il annonce l'arrivée d'un visiteur :

— Gregor est là.

— Ah, merci, mon cher. Viens m'aider à sortir, veux-tu ?

— Bien sûr, madame.

Il donne l'ordre au personnel d'activer le bras mécanique articulé qui soutient Vera, prête à la sortir de l'eau. Tina se place devant le tableau de commande de l'engin et élève Vera, dont les pieds se balancent bientôt dans les airs. Elle manœuvre avec précaution cet immense bras géant. Elle dépose délicatement Vera au-dessus de son fauteuil roulant.

Matanza lui fait un compliment :

— Vous êtes ravissante ce matin, madame.

— Merci, tu es adorable.

Vera adore les compliments. Surtout le matin. Cela met du baume à son cœur pour la journée qui s'annonce.

Comme toutes les beautés, celle de Vera est devenue relative avec le temps.

Ses traits décharnés laissent entrevoir son ossature. Son visage creusé aux joues et ses yeux enfoncés dans leurs orbites annoncent la fin imminente. Les yeux qui s'enfoncent sont les prémices du décompte final.

Vera a toujours trouvé du réconfort dans la nourriture pour compenser ses frustrations. Elle a alterné entre périodes de surpoids et d'anorexie, utilisant la nourriture pour combler le vide et tuer le temps. Son corps porte les stigmates de ces fluctuations, avec une peau flasque et tachetée, mauve et sombre par endroits. Son sang peine à circuler, et ses rides innombrables sont les vestiges de ces différentes époques.

Vera ne s'est jamais véritablement aimée. Ses médecins l'ont encouragée à recourir à la chirurgie esthétique, mais elle a fini par refuser leurs services. Elle ne s'intéresse pas à leurs propositions.

Tina dépose délicatement Vera dans son fauteuil. Elle replie le bras en position d'attente, près du bord de la piscine.

Sandra pousse doucement Vera dans son fauteuil en direction de la bulle de séchage, dont Robert a ouvert la porte. Il s'agit d'une cabine transparente en forme d'œuf destinée à la sécher rapidement après chaque bain, évitant ainsi qu'elle ne se refroidisse.

— Matanza, fais entrer Gregor, s'il te plaît.

— Bien, madame.

Il se dirige vers le salon principal pour chercher Gregor, mais il est devancé. Il se présente devant Vera en ouvrant les bras :

— Bonjour, grand-mère !

Vera l'examine de haut en bas. Il porte un costume blanc avec un chapeau blanc, orné d'un ruban satiné bleu clair. Sa chemise et la pochette de son veston sont également bleu clair. Vera demande, moqueuse et intriguée :

— Y a-t-il un carnaval ?

Gregor éclate de rire. Il tourne sur lui-même pour montrer son beau costume et exécute même une roue à une main, l'autre tenant son chapeau, devant les yeux médusés de sa grand-mère. Il se relève sans difficulté et s'approche de la bulle de séchage, les bras toujours écartés :

— Grand-mère, je vais au mariage de Tony. Je t'ai appelée ce matin !

— C'est nouveau ce genre de pirouette ?

— Grand-mère, je ne sais pas ce qui m'arrive, j'ai une forme olympique aujourd'hui !

Vera le contemple de bas en haut avec intérêt mêlé de moquerie.

— Ce crétin est encore en vie ?

— Mais bien sûr, grand-mère. C'est mon pote Tony !

— D'accord, Gregor. Mais dis-moi, pourquoi tends-tu les bras ainsi ? On dirait un épouvantail.

— Je voulais t'embrasser pour te dire bonjour, grand-mère.

— Ne vois-tu pas que je suis dans cette bulle ?

— Grand-mère, je voulais...

— Oh, et arrête de m'appeler grand-mère comme si tu demandais de l'argent. J'ai un prénom, après tout.

Gregor baisse les bras et son sourire s'estompe. Elle a brisé son élan, pourtant sincère. Son costume de mariage, comme le reste de sa vie, est financé par Vera. Elle considère Gregor comme le raté de la famille, celui qui passe son temps à gonfler ses muscles. Elle lui fait même remarquer que son costume est décidément trop petit et que le gonflement de son pantalon est bien trop vulgaire. Elle plisse les yeux et remarque quelque chose de nouveau :

— Dis donc, tu portes une boucle d'oreille maintenant ?

— Oui, elle te plaît ?

— Approche. C'est quoi cette pierre noire ?

Vera demande à ce qu'on ouvre la bulle et elle sort de son fauteuil roulant. Intriguée par cette pierre d'un noir profond qui pend à l'oreille gauche de Gregor, elle lui demande de baisser la tête pour l'examiner de plus près. Elle plisse les yeux et fronce les sourcils pendant de longues secondes. Puis, elle relève la tête et souffle à mi-voix :

— Matanza, prépare la voiture. Gregor et moi sortons en ville.

— Mais grand-mère, j'ai un mariage !

Vera lance un regard sombre à Gregor, l'un de ces regards tordus dont elle a le secret. Un de ces regards auxquels il est régulièrement confronté depuis son enfance. Gregor sait ce que cela signifie. Gregor sait qu'il sera en retard au mariage de son ami. Cette pierre, d'un noir presque absolu, qui ne reflète aucune lumière, est un signe. Vera ne dit plus un mot, mais donne des instructions frénétiques dans toutes les directions. Elle veut être montée dans sa chambre pour se changer et prendre la route le plus rapidement possible.

Les domestiques s'affairent à ses ordres, essayant de répondre à ses exigences précises. L'atmosphère devient pesante, chargée d'un mystère inquiétant. Gregor observe Vera avec appréhension, se demandant quelle est la signification de cette pierre noire et où cette escapade improvisée les mènera.

Matanza connaît par cœur le langage gestuel de Vera. Pour un observateur non averti, on pourrait croire qu'elle est en plein délire, mais lui sait exactement quoi faire. Il pousse délicatement le fauteuil roulant avec Vera à l'intérieur dans l'ascenseur, l'accompagnant personnellement jusqu'à sa vaste chambre.

Tina et Sandra, en véritables expertes, parviennent à préparer Vera en quelques minutes, y compris sa coiffure et son maquillage. Il y a eu quelques coups de coude maladroits. Lorsqu'elles enfilent sa robe grise, ses lunettes sont tombées. Habituellement, Vera aurait râlé à propos de ces erreurs. Mais aujourd'hui, elle a l'esprit ailleurs. Elle est fixée sur cette pierre, plus précisément. Son apparence n'est pas parfaite, mais elle fera l'affaire. Même lorsqu'elle est pressée, Vera tient à toujours se présenter sous son meilleur jour lorsqu'elle sort en ville. C'est une question de respect envers les autres, et un peu envers elle-même. Cette coquetterie est l'un de ses rares plaisirs.

Vera reprend place, seule, dans son fauteuil de sortie. C'est un modèle plus luxueux que celui de la piscine. Matanza lève un sourcil surpris devant cette soudaine vivacité de sa maîtresse de maison. Mais il n'a pas le temps de rêvasser, car Vera montre déjà l'ascenseur au bout du couloir. Il se presse dans le sens du retour. Avec une légère appréhension, il s'assure que le fauteuil avance bien droit malgré la vitesse. Vera déteste les zigzags, même légers. Il place Vera dans l'ascenseur avec la plus grande délicatesse possible. Vera donne le rythme : tout le monde doit se dépêcher.

Le petit groupe entre en trombe dans le salon où Gregor est attaché à l'une des colonnes. Ses bras serrent fermement la colonne torsadée, ses poignets sont entravés par des menottes. Vera, amusée, s'adresse à Gregor :

— La colonne de muscles s'amuse-t-elle ?

"La colonne de muscles" est le surnom que Vera a attribué à Gregor. Elle n'a jamais manifesté beaucoup d'affection envers son petit-fils.

— J'ai pris l'initiative de faire attacher Gregor, madame, déclare Matanza d'un ton sobre.

Vera caresse lui caresse la main avec un sourire bienveillant :

— Que ferais-je sans toi ?

Il acquiesce en fermant les yeux pour la remercier. Il adore ces petites attentions qu'elle lui accorde lorsqu'il anticipe les choses avec précision.

Gregor n'est pas dans son état normal aujourd'hui. C'est le genre de garçon qui parle aux murs, parfois pendant des heures, selon l'intensité de la crise. Il a menotté Gregor afin de garantir sa présence sécurisée auprès de Vera dans la voiture. C'est l'habitude d'un homme qui n'apprécie ni les surprises, ni les imprévus.

Matanza incarne l'élégance et la discipline dans chacun de ses mouvements. Il est constamment vêtu d'un costume noir parfaitement ajusté, accompagné d'une chemise blanche impeccablement repassée et d'une cravate noire assortie. Son apparence soignée est un reflet de sa personnalité méticuleuse et de son souci du détail.

En tant que responsable du personnel de maison et de sécurité, il dirige d'une main de fer, veillant à ce que tout soit organisé et en ordre. Il ne tolère aucun désordre et s'assure que chaque tâche soit exécutée avec précision et efficacité. Son professionnalisme inébranlable inspire le respect et appelle la discipline autour de lui.

Pourtant, derrière cette rigueur, se cache un sens de l'humour raffiné qui contraste et charme Vera. Matanza, qui avait autrefois une carrière de comédien de stand-up, apporte aujourd'hui une touche légère et divertissante à leur relation. Leur rencontre fortuite après l'un de ses spectacles a créé un lien spécial entre eux. Vera a été séduite par son esprit vif et son humour, et elle a rapidement reconnu en lui une personne digne de confiance pour veiller sur sa sécurité.

Matanza, dont le nom de scène reflète sa personnalité excentrique, a trouvé sa véritable vocation en travaillant aux côtés de Vera : « j'ai un vrai boulot pour toi » lui avait-elle glissé après un spectacle, avec son franc parler habituel. Depuis, il s'efforce de devancer ses besoins avant même qu'elle ne les exprime. Sa loyauté et sa dévotion envers elle sont inébranlables, et il met un point d'honneur à garantir sa sécurité et son bien-être en toutes circonstances.

Ainsi, il incarne l'équilibre parfait entre l'ordre et l'humour, entre la rigueur professionnelle et la complicité personnelle. Sa présence assure à Vera une tranquillité d'esprit et une confiance absolue, créant une relation de confiance mutuelle qui les rend inséparables.

Le docteur et la policière

Edith est une jeune policière dynamique, avec une chevelure brune abondante qui cascade jusqu'à ses épaules. Ses cheveux sont soigneusement attachés en une queue de cheval basse, maintenue par un élastique bas de gamme qui montre quelques signes d'usure. Quelques mèches rebelles s'échappent de sa coiffure, encadrant délicatement son visage qui respire la détermination et la confiance, avec des sourcils bien définis qui accentuent son regard perçant. Ses yeux sont d'un brun profond et pétillent d'intelligence. Ses cils sont naturellement longs et courbés, donnant à son regard une intensité captivante. Elle ne porte aucun maquillage, mettant en valeur sa beauté naturelle et laissant sa peau légèrement hâlée briller de façon naturelle.

Aujourd'hui, elle s'est autorisé un tailleur pantalon d'un gris foncé, taillé de manière impeccable pour s'adapter à sa silhouette athlétique. La veste du tailleur est légèrement ouverte, révélant un décolleté subtil sur un top en coton blanc immaculé qui contraste avec la couleur sombre de son costume. Le tissu du top épouse délicatement les courbes de son buste sans être provocant, ajoutant une touche de féminité discrète à son allure professionnelle.

Elle ne porte aucun bijou, préférant garder son apparence sobre et fonctionnelle. Son attention est entièrement focalisée sur son travail de policière — son devoir, comme elle aime à le dire. Ses mains agiles, aux ongles courts et soignés, tiennent un carnet de notes où elle déverse toutes ses observations sans exception.

Sa démarche est déterminée et assurée. Ses épaules sont légèrement en arrière, témoignant de sa confiance en elle. Edith respire la force tranquille d'une professionnelle en quête de vérité.

Adam est un jeune médecin qui vient de s'installer en ville et a récemment pris son poste à l'hôpital. Lorsqu'il a vu Edith arriver, son sang n'a fait qu'un tour, en fait, plusieurs tours. Son regard s'est immédiatement fixé sur la présence captivante d'Edith, comme capté par un aimant. C'était plus fort que lui.

Adam a des cheveux bruns légèrement en désordre, témoignant des dernières longues heures passées à l'hôpital. Son visage est encadré par une barbe naissante, qui lui confère un air à la fois sérieux et décontracté. Ses yeux bleus pétillent d'excitation lorsqu'il pose son regard sur Edith, reflétant son intérêt évident — incontrôlable — pour elle.

Adam porte une blouse blanche impeccablement ajustée, mettant en valeur sa silhouette élancée. Ses mains, souvent agitées et expressives, révèlent sa nature passionnée et extravertie.

Edith a immédiatement accouru pour voir Sylvia et tenter d'obtenir le maximum d'informations sur son agression. Son patron, le commissaire Kroops, y tient, personnellement.

— Je vous accorde cinq minutes. Elle est dans un état stationnaire, mais encore très fragile.

— D'accord, confirme Edith.

— C'est le parquet qui vous envoie ? demande Adam.

— Docteur Labiche, n'essayez pas de deviner comment fonctionne la justice, tonne Edith pour faire comprendre au jeune médecin que chacun fait son métier.

— Vous l'avez enregistrée à une heure trente du matin, c'est bien ça ? reprend-elle sans lever les yeux de son carnet de notes.

— Les services d'urgence nous l'ont présentée à une heure vingt-cinq. Nous l'avons immédiatement prise en charge, commente Adam d'une voix mécanique.

— Quel est votre bilan ?

— Plusieurs blessures apparentes, principalement à l'abdomen, au cou, à l'intérieur de la gorge. Sur le cuir chevelu aussi. Des traces de sévices sur les parties génitales. Son dossier complet est à votre disposition avec le détail des analyses et prélèvements.

— Des traces de sperme ?

— Oui, plusieurs. Le labo doit confirmer.

— Quand pouvez-vous me livrer les résultats complets ?

— Dans deux heures environ.

— Autre chose ?

— Ah, oui, on lui a sorti une chaîne de collier de son estomac. La fibroscopie a révélé des blessures tout le long.

Edith Lasser s'arrête de prendre des notes dans le carnet.

— Une chaîne ?

— Oui, ses agresseurs lui ont fait avaler. Vous l'aurez, avec les prélèvements.

— Les brutes.

— On voit de tout ici, vous savez.

— Sylvia Capra ?

— Oui, c'est ça.

— Trente ans, sans domicile fixe ?

— Oui. C'est presque une habituée. On l'a déjà reçue deux fois.

— Des agressions ?

— Oui, la première fois, et une intoxication alimentaire, assez sérieuse.

— Je suis sa première visite ?

— Oui. Je crois qu'elle n'a personne.

— Elle a un téléphone ?

— Non. Pas que je sache.

— Vous m'accompagnez ?

— Suivez-moi.

Adam Labiche, le médecin de garde, accompagne Edith Lasser, la commandante de police en charge de cette affaire. Ils traversent plusieurs couloirs sombres avant d'emprunter un monte-charge grinçant. Adam est toujours captivé par Edith. Il est presque tourmenté. Il hésite, comme, un débutant, et tente un brise-glace :

— Votre parfum sent très bon. C'est fleuri, dit-il en regrettant déjà la nullité de son approche.

Edith le regarde en coin avec méfiance.

— N'essayez même pas, docteur Labiche, lui lance-t-elle sèchement.

Adam esquisse un sourire, frustré d'être rejeté dès sa première tentative. Il a du mal à penser à autre chose, tant il trouve cette femme incroyablement séduisante. Comme dans la chanson, Edith lui fait tourner la tête. Cette soudaine attirance est inexplicable. C'est presque une obsession. Il essaie de se rattraper en poursuivant leur première conversation banale :

— Y a-t-il des témoins ? demande-t-il en se fichant éperdument de la réponse, concentré sur la bouche d'Edith.

— Pas pour l'instant. Aucune vidéo disponible. Le bâtiment a été réduit en cendres.

— C'est un miracle qu'elle ait réussi à s'échapper sans être brûlée vive.

Edith le fixe d'un air réprobateur et le remet à sa place :

— Sérieusement, docteur Labiche. Je comprends que vous ne puissiez pas témoigner de compassion envers tous les patients qui vous sont présentés. Mais franchement, votre humour froid est totalement déplacé.

— Désolé. Je suis vraiment attristé pour Sylvia. Je la connais un peu vous savez. Je ne voulais pas vous offenser non plus.

— Vous avez besoin de vous détendre ?

— Oui. Plus que tout au monde. Je suis debout depuis plus de vingt heures.

— Moi aussi. Mais cela ne me donne pas envie de plaisanter sur des rôtis, docteur Labiche. C'est ici ?

— Oui. Pas plus de cinq minutes, d'accord ?

Edith acquiesce en fermant les yeux. Elle entre dans la chambre pendant qu'Adam ne rate aucun de ses pas. Oui, il se l'avoue un peu honteusement, il lui mate le cul avec une gourmandise mal dissimulée.

Adam s'amuse intérieurement en repensant à leur échange. Edith a une haute opinion d'elle-même. Elle se voit comme une femme parfaite. C'est une source d'excitation supplémentaire pour Adam. Les femmes autoritaires, adeptes de la sévérité, sont sa préférence. Avec Edith, il sait qu'il a mis la main sur un spécimen d'exception.

Edith ressort aussitôt de la chambre et commente d'un ton blasé :

— Docteur, vous vous êtes trompé. Il n'y a personne dans cette chambre.

Adam presse Edith pour entrer dans la chambre. Il passe devant un lit vide, ouvre la porte des toilettes, fouille les placards, regarde par la fenêtre.

— Que cherchez-vous, docteur ? Vous voyez bien qu'il n'y a personne dans cette chambre.

— Elle est partie.

— Vous avez une grande capacité de déduction, docteur.

— Je veux dire qu'elle est encore partie.

Edith incline la tête sur le côté.

— Encore ?

— Oui. La dernière fois, elle est également partie de la même manière.

Edith parcourt quelques pages sur sa tablette et demande :

— Je ne vois rien dans son dossier. Vous ne l'avez pas signalée ?

— Nous signalons toutes les sorties hors protocole. Demandez plutôt à vos équipes de faire leur travail correctement.

Edith prend cette dernière remarque comme une attaque personnelle. Pourtant, elle veille toujours à ce que son service soit impeccable. Adam lève le bras en l'air, geste interprété par Edith comme une insulte envers le professionnalisme de la police dans son ensemble.

Le médecin et l'officier de police se retrouvent face à face, prêts à se disputer aussi longtemps que nécessaire.

— Vous ne répondez pas ? demande Adam alors que le téléphone de Sylvia sonne depuis quelques secondes.

Edith décroche, parle avec concentration, puis s'adresse à Adam :

— Verrouillez temporairement la chambre. Le temps que nous fassions les prélèvements complémentaires. Et mettez les vidéos de surveillance à la disposition de mes équipes. Pouvez-vous faire ça pour elle ?

Adam acquiesce avec un sourire pendant qu'Edith s'éloigne dans le vaste couloir.

— Voulez-vous que je vous accompagne ? propose Adam.

— N'insistez pas, docteur Labiche, lui répond Edith sans se retourner.

La limousine

Vera est assise dans la grande limousine noire pendant que Matanza prend le volant. Vera a récupéré la boucle d'oreille avec la pierre noire.

— Tu ne retires pas mes menottes ? demande Gregor, assis face à sa grand-mère, en montrant ses poignets.

Vera le regarde sans dire un mot. La limousine démarre.

— Gregor, où as-tu trouvé cette pierre ?

Il repose ses poignets et baisse les yeux. Vera s'impatiente et demande :

— J'attends.

Il hésite. Cette conversation avec Vera ressemble à un interrogatoire. Cette pierre qu'il trouvait simplement jolie a une signification particulière pour elle. Il se lance dans une explication confuse :

— Une fille me l'a donnée hier soir.

Vera reste calme, sans rien dire. Elle ne croit pas un seul mot de ce que raconte son petit-fils. Il a l'air anxieux, car il sait que sa grand-mère n'est pas dupe et qu'il devra lui dire la vérité. Rien que cette idée l'angoisse, au point de le faire transpirer abondamment. Il ne peut retenir quelques spasmes discrets qui font grincer ses menottes.

— Gregor, nous allons rendre visite à Oswald Saint-Germain. Tu t'en souviens ?

— Oui, grand-mère. Le bijoutier ?

— Exactement.

— Cette pierre a-t-elle de la valeur ?

— Si c'est ce que je pense, oui, elle a une valeur considérable. Qui t'a fabriqué cette boucle d'oreille improvisée ?

— C'est moi, grand-mère.

— Tu n'es vraiment pas très habile de tes mains, mon petit. La pierre est rayée sur toute sa longueur.

— Tu es en colère ?

— Je te dirai tout quand nous aurons l'avis d'Oswald. Ce que nous allons apprendre peut changer nos vies, mon petit.

Vera lui caresse doucement le visage. Elle se détend et demande à Matanza, qui conduit en silence :

— Matanza, raconte-nous l'une de vos histoires drôles. Tu as un don pour ça !

Le camping-car

Sylvia a profité que l'hôpital est une passoire pour le quitter en toute discrétion.

Elle est habillée de la blouse ouverte sur l'arrière et d'une robe de chambre mi-longue bleu foncé. Elle souffre à chaque pas. Elle tente d'oublier ses douleurs comme des brûlures dans sa chair.

Les questions du personnel soignant devenaient trop précises et insistantes. Elle n'avait aucune envie de raconter sa vie.

Elle ne comprend toujours pas. Ce chien. Cette brute. Elle ressasse sans cesse chaque seconde de son agression. Elle a pourtant l'habitude de se défendre. La faim lui a fait baisser la garde ? Pourquoi elle n'a rien pu faire ? Pourquoi trois débiles ont presque pu la tuer aussi facilement ?

Sylvia arrive chez Damien. Elle a pris un bus. Pieds nus, elle pensait se faire remarquer. À cette heure de pointe, les passagers ne pensent qu'à trouver une place, même plaqués contre une barre. Elle sent qu'elle pue, un peu plus que d'habitude. Elle n'a pas laissé le temps aux aides-soignants de lui faire une vraie toilette. Elle pensait que les gens le remarqueraient. Mais à cette heure-là, tout pue dans le bus.

Sylvia connaît Damien depuis quelques semaines seulement. Il était garé près du parc. Il se promenait seul, sans se presser. Il s'est assis sur un banc pour profiter du soleil. Comme il restait là depuis un moment, elle lui a demandé une pièce. Il lui a donné. Ils ont parlé. Il a été très gentil avec elle. Il étudie l'histoire de l'art et vit dans un vieux van aménagé. Il sait bien que ça ne le mènera nulle part. Il n'attend pas grand-chose de la vie de toute façon. Il a trouvé en Sylvia une âme perdue, comme lui.

Sylvia arrive devant le camping-car, garé non loin de la lisière du bois, et frappe à la porte. Elle a prévenu Damien de son arrivée. Il ouvre la porte.

— Merde ! Sylvia ! Entre !

Damien est frappé par l'état de délabrement de Sylvia. Elle lui a parlé de son agression, mais il ne s'attendait pas à ça.

— Merde, Sylvia, ils ne t'ont pas ratée !

Elle lui dit en le regardant dans les yeux et en serrant les dents :

— Je vais m'en tirer Damien. Ne t'en fais pas.

Damien la regarde encore et lui propose de se laver.

— Viens par ici, tu vas prendre une douche. Il me reste assez d'eau, je crois.

Sylvia accepte avec un sourire.

— Tu es à moitié à poil. Tu vas essayer mes fringues. Tu vas voir, j'ai trouvé un truc sympa. Tu vas adorer. Tiens, rentre là-dedans. Tu as du savon, du gel douche, du shampoing, une brosse pour le dos. Bon, l'eau chaude est pas trop chaude, je te préviens. Mais ça fait l'affaire.

Damien sort deux serviettes propres de l'armoire et les tend à Sylvia.

— Tiens, elles sont toutes propres. Elles sortent de la laverie !

Sylvia remercie Damien avec un baiser sur la bouche. Elle entre dans la douche et se lave en prenant son temps et avec un plaisir simple. Ils discutent à travers la cloison.

— Damien, je vais avoir besoin de ton aide si tu veux bien.

— J'ai un peu de fric si tu en as besoin.

— Non. Je dois retrouver la pierre.

— Celle de ton collier ?

— Oui.

— Et les fils de putes qui t'ont fait ça ?

— Tu sais, je m'en fous. Je veux la pierre.

Damien se gratte la tête en se demandant de quoi elle parle. Il se dit qu'après tout, détective privé, ça peut être amusant.

— C'est quoi cette pierre ?

— J'y tiens.

— C'est un truc de famille ?

— Promis, dès qu'on la retrouve, je te raconte son histoire. Tu comprendras.

Damien commence à flipper un peu. Ce n'est pas un grand courageux non plus. Sa nature est plutôt contemplative. Et Sylvia a l'air de savoir de quoi elle parle. Il n'est pas fini dans sa tête. Il le sait très bien. Et les trucs d'adultes ça le fait bien flipper en général, pour tout un tas de raisons.

— Tu vas m'aider Damien ? Tu vas le faire pour moi ?

Damien réfléchit deux secondes et dit :

— Évidemment ma petite Sylvia.

Il répond comme un type qui sait de quoi il parle, qui maîtrise la situation, pour se donner de la contenance.

— Tu m'aimes ?

— Oui, Sylvia.

— Alors, dis-le-moi. J'ai besoin de l'entendre, là !

Sylvia ouvre la cloison de la douche et sort toute trempée. Damien la prend dans ses bras et lui glisse à l'oreille :

— Je t'aime Sylvia.

Ils s'embrassent avec fougue. Ils tournent plusieurs fois sur eux-mêmes et se cognent contre les parois du van, en faisant tomber tout un tas d'objets à leur passage.

Damien sèche Sylvia et lui tend un jean et un t-shirt.

— Regardez, madame, ce que je vous ai trouvé !

Sylvia regarde les fringues de seconde main aux couleurs criardes, avec ce t-shirt marqué « FUCK LOVE ».

— Hmm... c'est discret tes trucs, là !

— Mouais. J'ai des goûts de chiotte. C'est ça ?

Ils rient de bon cœur.

Un grand coup à l'extérieur résonne contre la carrosserie du camping-car.

Sylvia et Damien se taisent sur le champ. Ils se regardent. Ils regardent autour d'eux dans le plus grand silence.

— C'est quoi ? demande Sylvia.

— Je n'en sais rien. Tu as été suivie ?

— Non. Je ne pense pas.

Damien avance accroupi vers la cabine de pilotage en demandant d'un geste à Sylvia de se baisser aussi.

— Tu vois quelque chose ? souffle Sylvia.

Il continue son observation et répond :

— Non. Je ne vois rien. Il n'y a rien sur les caméras.

Le silence pesant se prolonge pendant quelques instants, alors que Damien et Sylvia retiennent leur souffle. Soudain, un bruit métallique retentit à nouveau, cette fois plus fort et plus proche. Un grand coup asséné contre la carrosserie du camping-car fait trembler tout l'intérieur.

Le cœur de Sylvia s'emballe et elle saisit le bras de Damien avec force. Leur regard se croise, empreint d'une inquiétude grandissante. La tension dans l'habitacle devient palpable.

— Qu'est-ce que c'est que ça ? murmure Sylvia, sa voix trahissant sa peur grandissante.

Damien essaie de garder son calme, mais l'angoisse se lit sur son visage. Il secoue la tête, signifiant qu'il n'a aucune réponse. Ses yeux parcourent fébrilement les alentours, cherchant une quelconque indication.

— Je ne sais pas, répond-il à voix basse. Tu es sûre que personne ne nous a suivis ?

Sylvia réfléchit rapidement, essayant de se rappeler des derniers événements. Elle secoue la tête, affirmant qu'elle n'a remarqué personne. La peur dans sa voix trahit sa confusion.

Dans un geste silencieux, Damien avance à pas de loup vers la fenêtre de la cabine de pilotage, tandis que Sylvia se rapproche de la fenêtre arrière. Ils scrutent tous deux les environs, cherchant des signes de mouvement ou de présence.

Soudain, un mouvement furtif attire l'attention de Sylvia. Elle voit une silhouette sombre se faufiler derrière un arbre à proximité. Son pouls s'accélère et elle retient son souffle, peinant à détourner son regard de cette ombre menaçante.

Damien, chuchote-t-elle d'une voix tremblante.

— Il y a quelqu'un là-bas, derrière cet arbre !

Damien se tourne rapidement vers Sylvia, ses yeux s'écarquillent d'appréhension. Il la rejoint près de la fenêtre arrière et jette un coup d'œil furtif dans la direction indiquée.

— Reste ici, lui murmure-t-il, sa voix empreinte d'une détermination croissante. Je vais aller voir ce qui se passe. Sois prudente.

Avant que Sylvia n'ait le temps de répondre, Damien se glisse silencieusement hors du camping-car. Il avance prudemment, ses sens en alerte, cherchant à comprendre l'origine de ces coups et de cette présence mystérieuse.

Pendant ce temps, Sylvia reste à l'intérieur, dévorée par l'anxiété. Elle garde les yeux fixés sur Damien, tout en restant aux aguets, prête à réagir à la moindre menace.

Après une attente qui lui semble interminable, Damien revient, son visage marqué par une surprise indescriptible.

— Qu'est-ce qui se passe ? demande Sylvia avec urgence. Qui était-ce ? Que se passe-t-il ?

Damien esquisse un sourire énigmatique avant de révéler la vérité.

— C'était... une biche. Elle s'est égarée.

— Une biche ? Ici ?

Sylvia allait copieusement reprocher à Damien son humour déplacé quand son regard se fige sur la silhouette encapuchonnée qui se tient là, immobile, les yeux fixés sur eux.

Une vague d'effroi la submerge alors qu'elle réalise que cette présence menaçante est un homme, très grand. Il se tient devant eux sans bouger.

— Damien ! chuchote-t-elle, sa voix à peine audible. C'est qui ce type ? Qu'est-ce qu'on fait ?

Damien reste silencieux, son visage marqué par l'inquiétude. La tension dans l'habitacle atteint son paroxysme. Leur respiration devient saccadée alors que l'inconnu s'approche lentement du camping-car, chaque pas amplifiant leur angoisse.

Finalement, la silhouette encapuchonnée se tient juste devant la porte, sa présence sinistre imprégnant l'air. Un silence lourd plane tandis que les regards de Damien et Sylvia se croisent encore, partageant une terreur mutuelle.

— Qui êtes-vous ? murmure Sylvia d'une voix tremblante. Que voulez-vous de nous ?

L'inconnu lève lentement la tête, révélant partiellement un visage obscurci par l'ombre de sa capuche. Un sourire sinistre se dessine sur ses lèvres.

— Vous ne me connaissez pas, chuchote-t-il d'une voix glaciale. Mais moi, je vous connais très bien.

La voix, teintée de menace et de connaissance, fait frissonner Sylvia. Les mots résonnent dans son esprit, éveillant un sentiment de malaise profond.

— Qu'est-ce que vous voulez ? demande Damien d'une voix nouée par l'anxiété.

L'inconnu laisse échapper un rire diabolique et suffisant avant de répondre d'une voix empreinte de défi.

— Je veux ce qui m'appartient.

Sylvia sent la panique la submerger alors que ses pensées s'embrouillent. Qui était cet individu ? Que cherchait-il ? Une série de questions sans réponse tourbillonnent dans son esprit.

Tout à coup, l'inconnu sort un couteau de sa cape, la lame étincelant sinistrement dans la pénombre. Sylvia retient son souffle, son regard rivé sur l'arme mortelle.

— On ne veut aucun problème, articule-t-elle d'une voix tremblante. S'il vous plaît, laissez-nous.

L'inconnu s'approche lentement, menaçant, le couteau prêt à frapper. Damien, animé par un instinct de survie, pousse Sylvia vers l'arrière, la projetant vers l'issue de secours.

— Cours ! lui murmure-t-il d'une voix résolue. Je vais le retenir !

Le cœur battant la chamade, Sylvia obéit, s'enfuyant à toute allure, cherchant désespérément de l'aide. Les battements de ses pas résonnent dans ses oreilles alors qu'elle s'éloigne du camping-car, laissant Damien derrière elle.

Le temps semble se dilater alors que Sylvia court, sa peur la propulsant plus loin.

Les larmes brouillent sa vision, mais elle ne s'arrête pas. Son esprit est en proie à la confusion et à la terreur, mais elle sait qu'elle doit trouver de l'aide. Elle se dirige instinctivement vers une petite clairière, espérant trouver des personnes bienveillantes à demander de l'aide.

Alors qu'elle émerge du bois, elle aperçoit une tente plantée au milieu de la clairière. Un faible espoir naît en elle. Peut-être y a-t-il des campeurs qui pourront l'aider. Elle se précipite vers la tente, les larmes coulant sur son visage.

Avant même d'atteindre la tente, elle entend des voix. Un groupe de campeurs est assis autour d'un feu de camp, partageant des histoires et des rires. Sylvia sent un immense soulagement l'envahir. Elle s'approche d'eux, haletante et tremblante.

— Aidez-moi, s'il vous plaît ! balbutie-t-elle, sa voix brisée par l'émotion. Il y a quelqu'un qui nous poursuit... Il a... il a attaqué notre camping-car.

Les campeurs se figent, surpris et inquiets face à la détresse de Sylvia. L'un d'eux se lève et s'approche d'elle, l'air préoccupé.

— Calmez-vous, respirez profondément, lui dit-il doucement. Nous allons vous aider, mais vous devez nous expliquer ce qui s'est passé.

Sylvia fait de son mieux pour reprendre son souffle et raconte frénétiquement l'histoire de la silhouette encapuchonnée, des coups contre le camping-car et de Damien qui a choisi de rester derrière pour la protéger.

Les campeurs échangent des regards inquiets. Ils comprennent l'urgence de la situation et la nécessité d'agir rapidement. Deux d'entre eux s'équipent de battes de baseball et de talkie-walkie qu'ils sont allés chercher dans leur tente.

Pendant ce temps, Sylvia reprend des forces, soutenue par la présence réconfortante des campeurs. Elle se sent en sécurité, bien que l'angoisse pour Damien persiste. Elle prie silencieusement pour qu'il soit sain et sauf.

Les deux campeurs s'enfoncent dans le bois et promettent d'appeler le groupe dès qu'ils ont trouvé quelque chose.

Sylvia, toujours sous le choc, se tient un peu à l'écart du reste des campeurs, observant anxieusement chacun de leurs mouvements. Elle réalise qu'elle est de nouveau seule, dans un endroit très isolé, au milieu d'inconnus. Elle se méfie, même s'ils se montrent très amicaux et prêts à l'aider.

Après quelques minutes intenables pour Sylvia, un des campeurs reçoit une communication provenant du talkie-walkie des deux campeurs partis en exploration. La voix tremblante et hachée à l'autre bout de l'appareil parle fort. Sylvia retient son souffle, craignant le pire.

— On a trouvé le camping-car, dit la voix. Mais il n'y a personne à l'intérieur.

Le cœur de Sylvia se serre d'angoisse.

— Où est Damien ? Que lui est-il arrivé ? demande-t-elle instinctivement.

La conversation au talkie-walkie continue pendant quelques secondes, mais elle a du mal à comprendre les mots échangés. Le campeur qui tient l'appareil devant elle coupe la communication et la regarde longuement.

Le bijoutier

Apercevant la limousine se garer, Oswald sort sur le trottoir pour accueillir sa vieille amie Vera.

Matanza ouvre la porte arrière et Gregor descend en premier. Il aide ensuite Vera à sortir de la limousine pendant que Matanza reprend place au volant.

Vera avance sur le trottoir, tandis que Gregor, libéré de ses menottes, la tient par la main.

Oswald lève les bras au ciel. En voyant Vera se tenir debout presque sans aide, il sait qu'elle lui apporte quelque chose de très spécial aujourd'hui. Il répète ce geste plusieurs fois, frappant sa poitrine du côté du cœur comme pour remercier quelqu'un d'invisible.

— Venez, entrez ! Entrez ! dit Oswald en indiquant l'entrée de la boutique d'un geste rappelant celui d'un agent de la circulation.

Matanza reste dans la voiture pendant que le jeune homme accompagne sa grand-mère à l'intérieur de la bijouterie.

Matanza garde la limousine en stationnement juste devant la bijouterie d'Oswald Saint-Germain. Une place lui est réservée. La devanture porte l'enseigne Saint-Germain & Fils, une institution immuable. Oswald a hérité de l'affaire de son père et la dirige aujourd'hui, avec l'aide de son fils Milo.

Vera observe les traits creusés du visage d'Oswald. Le temps a été aussi impitoyable avec lui qu'avec elle, mais ses yeux conservent une lueur de jeunesse depuis l'époque où ils se sont rencontrés.

— Vera ! Vera ! Quel plaisir de te revoir enfin après toutes ces années ! Je pensais que cela n'arriverait plus ! s'exclame Oswald, laissant échapper sa gratitude à travers ses gestes.

Il s'approche d'elle avec empressement et embrasse sur la joue tendue de Vera, pendant qu'elle tient son grand chapeau noir d'une main pour qu'il ne s'envole pas.

— Le plaisir est partagé, Oswald. Je crois que nous avons quelque chose d'important, déclare Vera avec un sourire de satisfaction, présentant déjà la pierre noire.

Oswald affiche une expression enfantine, comme celle d'un petit garçon devant un délice convoité. Il tend ses mains, prêt à recevoir la pierre. Cependant, Vera la retire habilement et lui propose de s'installer confortablement.

— Oswald, même si je peux marcher, je ne peux pas rester debout trop longtemps. J'ai besoin d'un fauteuil confortable. Au fait, laisse-moi te présenter mon petit-fils, Gregor.

— Quel plaisir de te rencontrer, Gregor ! Tu es un beau et robuste jeune homme ! approuve Oswald en désignant la carrure imposante avec curiosité, tout en accueillant les visiteurs.

— Rien n'a changé ici, plaisante Vera. Tu aurais quand même pu dépoussiérer un peu.

Oswald apporte un carré de velours blanc qu'il dépose sur la table autour de laquelle Vera et Gregor s'installent.

— Puis-je ? demande-t-il, montrant la pierre noire du doigt.

Vera dépose elle-même la pierre sur le velours blanc.

Tous les trois fixent intensément le caillou, comme s'ils attendaient que quelque chose de particulier se produise.

— C'est elle ? s'impatiente Vera.

Oswald sort un petit flacon équipé d'une pipette. Il enfile une paire de gants blancs, sans quitter la pierre des yeux.

— Nous le saurons dans quelques secondes. Reculez ! prévient Oswald, prêt à déposer une goutte de liquide sur la pierre avec une extrême délicatesse.

— Tes mains tremblent comme un vibromasseur, pauvre Oswald, taquine Vera.

Vera fait signe à Gregor d'aider Oswald.

— Puis-je ? demande poliment Gregor. Oswald le regarde par-dessus ses lunettes et accepte l'aide avec une pointe de déception.

— Comme ça ? demande Gregor, vérifiant qu'il dépose la goutte de liquide au bon endroit.

Oswald acquiesce et un silence s'installe dans le bureau situé à l'arrière de la bijouterie.

— NE BOUGEZ PLUS ! crie Oswald en constatant que Gregor a maladroitement déposé deux gouttes au lieu d'une.

La pierre s'illumine instantanément d'une lueur bleu intense en son centre, fluctuant en intensité comme un battement de cœur.

— NE BOUGEZ PLUS ! prévient Oswald.

À peine a-t-il prononcé ces mots qu'un puissant souffle jaillit de la pierre, balayant tout sur son passage, des lunettes d'Oswald aux nombreux bibelots sur les étagères. L'onde de choc a tout bouleversé dans la pièce.

La lueur au cœur de la pierre s'éteint, et le souffle se dissipe aussitôt.

— Wow ! Ça ferait un super sèche-cheveux ce truc ! improvise Gregor.

Oswald et Vera éclatent de rire.

— C'est elle ! C'est elle ! confirme Oswald en remettant ses lunettes en place tout en fixant Vera, qui remet de l'ordre dans ses cheveux.

— Je le savais, confirme Vera, je n'ai pas marché depuis des années. Dès que je l'ai touchée, j'ai senti une force dans mes jambes. Une sensation que j'avais presque oubliée.

Il observe les jambes de sa grand-mère avec un intérêt mêlé de surprise.

— Au lieu de fixer mes pauvres jambes comme ça, tu ferais mieux de nous dire qui t'a donné cette pierre, dit Vera en se tournant vers Gregor et lui prenant les mains.

— Grand-mère, je...

— Parle franchement, mon petit, ajoute Oswald en joignant sa main à celles de Vera et de Gregor.

— C'est une meuf que j'ai rencontrée, qui...

— Assez de mensonges, Gregor ! s'exclame Vera en frappant la table de son poing.

Vera reprend les mains de Gregor dans les siennes.

— Cette "meuf", comme tu dis, est ta mère... révèle Vera, un immense bonheur se dessinant sur son visage.

Le briefing

Edith Lasser vient de raccrocher après une conversation houleuse avec son petit copain Freddie. Leur relation se dégrade rapidement, et Edith en est consciente. Elle est frustrée de constater que même après seulement six mois, il flirte déjà avec d'autres femmes. Il est à l'étranger en ce moment pour son boulot. Il doit s'en donner à cœur joie. En tant que l'une des meilleures enquêtrices de sa génération, elle n'a pas encore de preuves, mais elle a un pressentiment. Pour elle, tous les hommes se ressemblent, on ne peut pas leur faire confiance. À moins que le point commun entre tous ces hommes ne soit... elle-même ? Non, c'est impossible. Edith est une femme déterminée, qui sait ce qu'elle veut dans la vie. Mais cela ne l'empêche pas d'être capable d'aimer et de donner sa confiance lorsque cela est nécessaire. Malheureusement, jusqu'à présent, elle n'a pas reçu grand-chose en retour.

Ces pensées tumultueuses se bousculent dans l'esprit d'Edith, mais pour l'instant, elle préfère les mettre de côté. Elle a convoqué son équipe au grand complet pour un briefing sur l'affaire Sylvia Capra. Son supérieur, le commissaire Kroops, a dit qu'il serait là, mais elle ne sait jamais vraiment à quoi s'attendre avec lui. Il est imprévisible et elle a du mal à le cerner.

Soudain, la voix de Kroops retentit depuis l'entrée de son bureau :

— Edith, vous venez ? Tout le monde vous attend en salle de briefing.

Kroops a cette manie agaçante de la contredire constamment. Il joue avec ses nerfs, ou du moins c'est l'impression qu'elle en a. Patricia, la collègue préférée d'Edith, s'est jointe à Kroops sur le pas de la porte et taquine gentiment Edith :

— Alors Edith ? Tout le monde t'attend !

— Oui, j'arrive tout de suite, répond Edith d'un ton agacé.

— D'accord. Faites vite, Edith. Je ne vous accorde que 15 minutes ce matin, tonne Kroops, affirmant son autorité.

Edith se souvient alors qu'elle fait partie de ces âmes perdues qui ont un sérieux problème avec l'autorité. C'est comme si les timides choisissaient le théâtre pour affronter leurs démons. Elle, elle a choisi la police, évidemment.

Pendant que Kroops et Patricia s'éloignent en plaisantant, le téléphone d'Edith se met à sonner à nouveau. L'appel n'est pas identifié, mais elle décroche machinalement.

— Madame Lasser, nous devons nous rencontrer, dit une voix d'homme au téléphone.

Edith reconnaît immédiatement que cette voix est modifiée. Elle soupçonne que ce soit Freddie qui essaie de se faire pardonner en jouant les mystérieux.

— Freddie, ce n'est pas drôle du tout, réplique-t-elle, agacée.

La voix reste silencieuse pendant un instant.

— Allo ? Vous êtes là ? demande Edith avec irritation. Finalement, elle raccroche et quitte son bureau, se dirigeant vers la salle de briefing. Mais son téléphone sonne à nouveau.

Cette fois-ci, Edith refuse l'appel et décide de l'ignorer. Elle sait qu'elle ne peut pas se laisser distraire par des jeux puérils alors qu'elle a une affaire importante à résoudre. Elle entre dans la salle de briefing où Kroops, qui discutait avec un inspecteur, se retourne vers elle.

— Ah, Edith. Votre téléphone sonne. Coupez-le s'il vous plaît et commençons. Il ne vous reste que dix minutes, déclare Kroops d'un ton autoritaire.

Edith obéit immédiatement, rangeant son téléphone en mode "ne pas déranger" dans la poche arrière de son jean. Elle se sent observée, comme si quelqu'un cherchait à interférer avec ses affaires. Son instinct de limier se met en alerte. Quelque chose ne tourne pas rond.

— Commençons ! déclare-t-elle d'une voix ferme, prenant place autour de la table avec le reste de l'équipe. Les dossiers sont étalés devant eux, les indices soigneusement rassemblés. L'affaire Sylvia Capra est complexe, et ils ont besoin de toutes les informations disponibles pour avancer.

Edith prend la parole, exposant les détails de l'affaire, analysant les indices et les suspects potentiels. Chaque membre de l'équipe contribue avec des idées et des observations pertinentes. Ils sont tous des experts dans leur domaine, et ensemble, ils forment une équipe redoutable. Une équipe à l'image d'Edith.

Alors qu'elle déroule le briefing, l'esprit d'Edith ne peut s'empêcher de revenir à l'appel mystérieux. Qui était cet homme qui voulait la rencontrer ? Cette journée n'est pas des plus simples pour elle.

— Je veux être tenue informée heure par heure de l'avancement de l'enquête. Chaque indice est précieux. Ne négligez rien. Comme je vous l'ai montré, nous avons affaire à une bande organisée avec une victime et des préjudices matériels. Merci à tous.

Edith fixe intensément son équipe dans la salle, son regard empreint d'une lueur troublante. Même elle est surprise par la sévérité de sa voix, qui résonne avec une intensité inhabituelle. Les lumières blafardes de cette salle presque vétuste accentuent les ombres sinistres qui dansent sur son visage déterminé. Les membres de l'équipe échangent des regards perplexes, se demandant ce qui a bien pu la pousser à adopter ce ton si dur. Des murmures inquiets se glissent entre eux, cherchant des réponses dans ce mystère. Le silence qui s'installe en fin de réunion pèse comme une épaisse brume chargée de tension, laissant planer des questions sans réponse. Edith sait qu'elle a raté une chance de motiver ses troupes et de créer une cohésion de groupe dont ils auront bientôt besoin.

Alors que tout le monde se dirige vers la porte de sortie de la salle, Kroops l'interpelle d'un ton conspirateur.

— Edith, vous m'impressionnez.

Edith, méfiante, plisse les yeux.

— C'est un compliment ?

Kroops laisse échapper un rire gras empreint de malice.

— Oui, c'était parfait, Edith. Il faut boucler cette affaire en quarante-huit heures. Madame Villemont est très en colère, si vous voyez ce que je veux dire.

Edith saisit immédiatement la signification de ses paroles. Madame Villemont est la propriétaire du restaurant en question, une femme influente dont le pouvoir s'étend sur la moitié de la ville.

— Je comprends parfaitement, commissaire. Autre chose ?

— Je compte sur vous, Edith. Je sais que vous en êtes capable. Et je pourrai peut-être m'occuper de votre avancement ?

Il lui tape l'épaule avec condescendance, cherchant à établir sa domination, avant de s'éloigner en lui faisant signe de le rappeler en cas de nouveauté. Edith le regarde partir, se demandant ce qui la pousse à poursuivre cette bataille quotidienne. Une lueur de masochisme, peut-être ?

Edith avance de quelques pas vers Patricia, sa fidèle collègue. Elle lui demande de rester un instant, seule à seule avec elle. Elle a besoin de partager ses inquiétudes avec quelqu'un en qui elle a une confiance absolue.

— Patricia, j'ai reçu un appel étrange tout à l'heure, juste avant de venir ici. Une voix d'homme qui voulait me rencontrer. Je suis presque certaine que c'était Freddie, mais il n'a pas voulu s'identifier.

Edith cherche des réponses dans les yeux de Patricia, espérant que sa collègue puisse lui apporter une perspective.

Patricia, fronçant les sourcils, réfléchit intensément à cette information inattendue.

— Ça ne semble pas être une coïncidence, Edith, dit Patricia. Peut-être que Freddie essaie de te manipuler, de te déstabiliser. On sait à quel point il peut être manipulateur.

Edith hoche la tête, même si son esprit ne parvient pas à se clarifier complètement.

— Tu as raison, Patricia. Freddie pense peut-être qu'il peut me tromper, me faire douter de moi-même. Mais il se trompe s'il croit que je vais me laisser faire. Je vais découvrir la vérité, quels que soient les obstacles sur mon chemin.

— Combative, comme toujours ! félicite Patricia en serrant les poings devant Edith.

— J'essaie, confie Edith en baissant le regard.

— Tu te sens menacée, Edith ? Je veux dire, vraiment menacée ?

Edith fixe Patricia avec une expression déterminée, ses yeux reflétant une détermination sans faille.

— Je ne sais pas. Je ne sais pas encore. Mais je refuse d'être intimidée. Je vais découvrir la vérité.

Patricia comprend le combat intérieur qui anime Edith. Ayant elle-même vécu une situation similaire par le passé, elle sait combien il est difficile de rester forte face aux manipulations et aux pressions.

— Tu peux dormir à la maison ce soir si tu veux. Je suis là pour toi, Edith. Nous sommes dans cette affaire ensemble, lui propose Patricia avec bienveillance.

Edith esquisse un sourire reconnaissant et empreint de confiance envers Patricia. Leur lien s'est renforcé au fil des épreuves, en particulier depuis que sa relation avec Freddie a commencé à se détériorer. Patricia a été un roc. Edith a pu s'appuyer sur elle aux moments les plus difficiles.

— Merci Patricia. Je vais y réfléchir. Merci pour ton soutien inconditionnel.

Edith déverrouille son téléphone. Son regard se pose sur les nombreuses notifications en attente. Soixante-deux appels manqués et un message vocal. Son cœur s'accélère quand elle appuie sur la touche lecture.

Les campeurs

Le campeur s'approche furtivement de Sylvia, ses yeux perçants la fixant sans relâche. Une atmosphère oppressante règne, un silence pesant imprègne les lieux.

— Vous avez des ennemis ? murmure-t-il d'une voix sinistre, faisant frissonner Sylvia. Cette question la prend au dépourvu, semant la confusion dans son esprit déjà tourmenté. Après les événements troublants de ces dernières heures, elle se sent complètement perdue, déchirée entre la réalité et l'ombre qui s'abat sur elle.

— Hmm... non. Enfin, il y avait cet homme qui nous a attaqués. Il semblait me connaître, chuchote-t-elle, indiquant du doigt la direction du camping-car. Un frisson glacé parcourt son corps tandis que l'angoisse grandit en elle.

— En tous cas, vous êtes sérieusement amochée. Qui vous a fait ça ? demande le campeur d'une voix grave, pointant du doigt les multiples blessures de Sylvia. Chaque marque raconte une histoire d'horreur, une violence difficile à supporter.

— Ça ne vous regarde pas, répond-elle d'un ton frissonnant, reculant instinctivement de quelques pas. Ses yeux cherchent une échappatoire, une issue pour contourner cette réalité terrifiante qu'elle veut laisser derrière elle.

— Les collègues ont découvert des traces de sang. Il semblerait qu'il y ait eu de la bagarre, informe le campeur d'une manière fataliste, faisant trembler Sylvia dans tout son corps. L'angoisse s'intensifie, les battements de son cœur résonnent comme un compte à rebours sinistre.

— Le sang... de qui ? demande-t-elle d'une voix aiguë, la terreur éclatant dans ses yeux. Les mots s'échappent de sa bouche, portant avec eux la crainte insoutenable d'une vérité macabre.

La fléchette

Le soleil se cache derrière des nuages sombres, plongeant par moments l'atmosphère dans une obscurité oppressante. Gregor sent un frisson lui parcourir l'échine, figeant ses mouvements. Les pensées tourbillonnent dans son esprit, se heurtant violemment les unes aux autres. L'information inattendue qu'il vient de recevoir peine à trouver sa place dans sa conscience. Les événements de la veille se précipitent brutalement, le laissant pétrifié.

— Qu'est-ce qui ne va pas ? demande Vera, déconcertée par l'immobilité soudaine de son petit-fils. Son visage se décompose, ses yeux cherchent des réponses dans le regard de Gregor.

Silencieux, Gregor fixe la pierre devant lui, semblable à une statue de marbre figée dans le temps. Les mots peinent à sortir de sa bouche, et lorsqu'il les prononce enfin, son ton est neutre, dénué d'émotion.

— Oui... parvient-il à articuler, laissant ses paroles suspendues dans l'air.

Vera sourit, mais ses yeux expriment une inquiétude dissimulée. "Oh toi, quand tu fais cette tête, je sais que quelque chose ne tourne pas rond. Tu me raconteras ça dans la voiture."

Elle se lève, et Oswald se précipite pour l'aider.

— Merci, Oswald, je vais pouvoir marcher toute seule, dit-elle en se redressant presque sans effort et en leur montrant avec fierté la fermeté retrouvée de ses jambes.

— Il risque de... chuchote Oswald à l'oreille de Vera.

— ... de revenir ? Oui, je le sais Oswald, je le sais, confie Vera sur un ton fataliste en longeant le couloir vers la sortie de la boutique.

Gregor les suit et les observe d'un regard perçant, en tentant de comprendre de qui ils parlent, mais en apparence seulement. À l'intérieur de lui, une tempête émotionnelle fait rage. Si Vera dit vrai, ce qu'il a fait à sa mère dépasse la simple culpabilité de lui avoir volé cette pierre. Avec le peu de logique qu'il parvient à mobiliser, à cause du tourbillon d'émotions qui le traverse, il tente de comprendre. Il sonde sa mémoire pour identifier cette femme dans ses souvenirs les plus lointains. Comment cette inconnue qui a blessé son chien Hadès et qui porte cette pierre au pouvoir inexpliqué, peut être sa mère ? L'image des zébrures qu'elle a dans le dos lui revient comme un flash. Pourquoi Vera ne lui a-t-elle jamais parlé de cette facette cruciale de leur histoire familiale ? Pourquoi lui a-t-elle caché ces informations ? Son malaise atteint son paroxysme alors qu'il se confronte à l'idée que cette femme est bel et bien sa mère, et qu'il a partagé avec elle une relation intime et brutale, à sa manière.

La limousine noire s'éloigne lentement, tandis que Vera fait signe de la main à Oswald resté sur le trottoir. Matanza, assis derrière le volant, demande d'une voix calme : "Tout s'est bien passé ?"

Vera se tourne vers Gregor, le scrutant quelques instants, consciente qu'il lui cache des choses. Son sixième sens pour détecter les mensonges lui souffle que son petit-fils n'échappe pas à la vérité. Sa main se pose sur celle de Gregor, une pression subtile, mais pleine de sens.

— Tu dois me dire tout ce que tu sais, mon petit, ordonne Vera, son regard oscillant entre tendresse et suspicion.

— J'ai dit ce que je sais, grand-mère, répond-il, d'une voix incertaine.

— Mon ami, le commissaire Kroops, m'a informée de l'incendie de notre restaurant de nouilles, révèle Vera d'un ton sobre, sachant qu'elle resserre l'étau psychologique autour pour le forcer à avouer.

Il tremble de tout son être, sentant la pression monter en lui. Vera a touché juste, et il sait qu'il ne pourra plus échapper à la vérité. Il détourne les yeux, cherchant une échappatoire, mais son regard revient inévitablement sur Vera, fixe et implacable. Ses mains se crispent sur son pantalon, puis sur le fauteuil de l'arrière de la voiture, trahissant son anxiété grandissante.

— Elle a déchiré l'oreille d'Hadès ! s'exclame-t-il, cherchant à se justifier sans réaliser immédiatement qu'il vient de dévoiler son crime, comme le désirait Vera.

Une pause s'installe, tandis que Vera manipule avec satisfaction la pierre noire que Oswald a sécurisée dans un petit coffret au couvercle translucide. Elle sait qu'elle a touché une corde sensible, une corde chargée de culpabilité.

— Tu as de la chance. Le commissaire ne sait pas encore tout, confie Vera avec une pointe de fierté. Son petit-fils est peut-être un idiot, mais au moins il sait effacer des traces.

Il se sent pris au piège, incompris, et surtout incapable de digérer l'agression sauvage qu'il a infligée à sa propre mère. Il bataille contre cette image de lui-même qui le dégoûte. Les questions tourbillonnent dans son esprit, et il sait qu'il ne peut plus se cacher derrière les mensonges. Toutes ses pensées s'entrechoquent. Il se redresse brusquement, attrape Vera par le cou.

Ses doigts se referment avec force.

Vera se débat aussitôt dans tous les sens, tentant désespérément de se libérer de cette emprise si puissante et bientôt fatale. Sa main qui tenait le coffret contenant la pierre heurte la vitre et le précieux objet tombe, roulant sous les sièges.

Serrant de toutes ses forces, Gregor étouffe Vera, laissant sa peau virer au pourpre, privée d'air, impuissante face à la violence brutale de son petit-fils.

La limousine continue sa route, mais Matanza, impassible, attend le bon moment. Lorsqu'ils sont arrêtés à un feu rouge, il sort silencieusement son pistolet de la boîte à gants.

Il se retourne vers la banquette arrière et cale son arme à deux mains. Les mouvements chaotiques de la lutte à l'intérieur de la voiture font chalouper la suspension, mais Matanza reste concentré. Il vise, suivant chaque mouvement, verrouillant sa cible. Puis, il tire.

Le feu passe au vert, et Matanza reprend le volant, remettant en place son costume légèrement froissé par l'exercice. Les doigts de Gregor se desserrent, libérant le cou de Vera. Elle s'affaisse sur la banquette, puis glisse jusqu'au sol, recroquevillée en position fœtale.

Vera tousse et gémit, luttant pour retrouver sa respiration. Elle tente de se redresser, mais chaque mouvement est douloureux et laborieux. Poussant sur ses jambes avec une détermination retrouvée, elle parvient enfin à se redresser. Dans ses efforts, elle repousse involontairement le corps inerte de Gregor vers la porte opposée de la voiture et révèle une fléchette plantée sur l'omoplate gauche du costume blanc de son petit-fils.

— Tout va bien ? demande Matanza avec calme, surveillant attentivement les mouvements de Vera dans le rétroviseur.

— Oui... merci... Merci, Matanza ! répond Vera d'une voix faible, mais déterminée, reprenant peu à peu son souffle et sa voix humaine.

Matanza propose poliment : "Voulez-vous que j'arrête la voiture pour que vous puissiez prendre l'air un instant, madame ?"

Vera secoue la tête. "Non... rentrons !" demande-t-elle d'un ton ferme, ayant retrouvé toute sa détermination.

La limousine noire continue sa route. Les rues sombres défilent à travers les vitres teintées. Vera reste silencieuse, absorbée dans ses pensées tourmentées. Les événements se sont précipités bien plus rapidement que prévu. Elle doit maintenant faire face à une vérité qu'elle aurait préféré ne jamais découvrir.

Le silence oppressant de la limousine est baigné par les rayons de lumière qui apparaissent entre deux nuages, et illuminent par moments comme des éclairs le visage de Vera.

Son regard se pose sur la pierre noire qu'elle a récupéré sous les sièges. Elle sent toujours cette énergie mystérieuse, comme à la première heure.

Une journée particulière

La petite Vera était une jeune fille aux boucles blondes resplendissantes, qui encadraient délicatement son visage angélique. Deux couettes soigneusement nouées ajoutaient une touche ludique à sa coiffure, accentuant son apparence espiègle. Ses yeux pétillants, d'un bleu clair comme le ciel d'été, reflétaient la curiosité et la joie qui animaient son esprit aventurier.

Vêtue d'une légère robe d'été aux couleurs pastel, elle semblait être née pour se fondre harmonieusement dans le paysage bucolique qui l'entourait. Les motifs floraux brodés sur le tissu délicat évoquaient les fleurs sauvages dansant le long de la petite rivière. Les bretelles fines et les fronces délicates soulignaient sa grâce juvénile, permettant à la brise estivale de caresser doucement sa peau.

Aux pieds de Vera se trouvaient des chaussures en cuir lustré, parfaitement cirées. Elle s'en occupait chaque matin, pour faire plaisir à sa grand-mère adorée. Chaque pas qu'elle faisait était empreint d'une légèreté et d'une élégance enfantine. Les chaussures semblaient être le prolongement de sa joie de vivre, ajoutant une touche de sophistication à son allure naturelle.

C'était une journée d'été éclatante, où le soleil rayonnait majestueusement au-dessus des collines verdoyantes, répandant ses rayons dorés sur la terre fertile. Le ciel s'étendait tel un dôme infini d'un bleu profond, sans nuage à l'horizon. La petite Vera, une fillette de sept ans au visage éclairé par un sourire radieux, s'aventurait avec une joie débordante le long des rives sinueuses d'une rivière vive.

Le sentier qui serpentait à travers la nature luxuriante était bordé de fleurs sauvages aux couleurs vives et envoûtantes. Les pétales de rose et de violet semblaient s'étirer vers le ciel, cherchant à attraper toute la lumière du jour. Vera adorait passer sa main en courant sur toutes ces fleurs pour les voir s'agiter comme des funambules après son passage. L'air était empli du doux parfum des fleurs et du murmure apaisant de la rivière, qui dansait gracieusement sur les rochers polis. Ses eaux scintillantes reflétaient les rayons du soleil, créant une symphonie de reflets éblouissants.

Le chant mélodieux des oiseaux accompagnait chaque pas de la jeune exploratrice, comme une sérénade enchantée de la nature. Les moineaux jacassaient joyeusement dans les arbres alentour, tandis que les rossignols entonnaient des mélodies célestes qui semblaient s'élever jusqu'aux cieux. Les insectes virevoltaient dans l'atmosphère estivale, leurs ailes chatoyantes ajoutant une touche magique à la scène. Certains s'approchaient du visage de Vera, comme pour admirer un instant la beauté de ses yeux révélée par cette lumière intense. Le bourdonnement incessant de leur vol était une douce symphonie naturelle, qui chatouillait aussi les oreilles de Vera.

Au fil de sa promenade, elle découvrait de petits trésors dissimulés dans les replis de la nature. Des papillons aux couleurs vives flottaient gracieusement autour d'elle, comme des éclats de couleurs éphémères. Les libellules tournoyaient au-dessus de la rivière, faisant des pirouettes aériennes dans un ballet harmonieux. Vera était fascinée par la diversité des formes et des couleurs qui peuplaient ce royaume enchanté.

Elle s'arrêta près d'une clairière baignée de lumière, où les rayons du soleil filtraient à travers les branches des arbres majestueux. Là, assise au bord de l'eau claire, elle laissait glisser ses doigts délicats dans les flots apaisants de la rivière, écoutant attentivement le doux murmure de l'onde qui s'échappait entre ses doigts. Elle se sentait connectée à la nature, comme si elle partageait un langage secret avec la rivière, une complicité éternelle.

C'était un moment suspendu dans le temps, où la magie de la nature l'enveloppait de bien-être. Vera se promettait de chérir ces souvenirs bucoliques, de revenir souvent dans ce havre de paix où le monde semblait danser au rythme de son cœur d'enfant. Alors, elle se leva, souriante et remplie d'une énergie renouvelée, prête à poursuivre son exploration de ce paradis terrestre, où la rivière vive continuait à lui murmurer des histoires secrètes, et où la symphonie de la nature l'accompagnerait toujours.

Alors qu'elle avançait doucement, ses pieds nus caressant l'herbe verte et fraîche, Vera leva les yeux vers le ciel. Et c'est là qu'elle la vit : une lumière éblouissante qui fendait le ciel. Intriguée, elle fixa son regard sur cette traînée lumineuse qui filait à une vitesse incroyable.

La peur s'empara soudainement du cœur de la petite fille. Elle sentit un frisson lui parcourir l'échine et ses jambes se mirent à courir, la ramenant vers le réconfort de son foyer. Elle ne put s'empêcher de jeter un dernier regard en arrière, et c'est alors qu'elle vit la lumière disparaître dans un éclat aveuglant, se fondant dans les eaux de la rivière, dans une danse d'étincelles et de vapeur.

Vera, tremblante et cachée dans les hautes herbes, observa avec appréhension la scène qui se déroulait sous ses yeux. Peu à peu, les vapeurs d'eau se dissipèrent, dévoilant un paysage calme et serein. Une lueur d'intérêt brilla dans les yeux de la jeune fille, chassant peu à peu sa peur. Elle rassembla tout son courage et s'approcha lentement du bord de la rivière.

À mesure qu'elle s'approchait, une sensation de bien-être commença à l'envahir, effaçant ses doutes et ses inquiétudes. Arrivée au bord de l'eau, elle fixa son regard sur la lumière qui bouillonnait au sein du liquide cristallin. Une odeur enivrante et un parfum envoûtant se mêlaient dans l'air, captivant ses sens et éveillant sa curiosité.

Piquée par sa soif de découverte et regagnant peu à peu sa confiance, Vera attendit patiemment que l'eau vive de la rivière refroidisse la mystérieuse lumière. Finalement, ce qui semblait être une pierre noire, d'un noir profond, apparut devant ses yeux émerveillés. Elle l'observa avec fascination, laissant ses doigts effleurer la surface lisse et fraîche.

La petite fille prit une profonde inspiration, puis avec audace, s'aventura dans l'eau limpide. Elle scruta les alentours, s'assurant qu'elle était seule sur cette découverte inattendue. Se mouvant avec précaution, elle plongea son bras dans le courant, effleurant la pierre du bout des doigts pour vérifier qu'elle ne représentait aucun danger.

Rassurée par cette découverte sans danger, Vera saisit fermement la pierre entre ses mains et la sortit de l'eau. À peine eut-elle saisi la pierre que sa peau fut caressée par une chaleur douce et réconfortante. Un sourire éclatant illumina son visage alors qu'elle observait attentivement cette pierre étrange sous tous les angles.

Le regard de Vera se dirigea instinctivement vers le ciel, là où la lumière céleste avait jailli. Elle sentit une connexion profonde avec cette source mystérieuse, un lien invisible, mais puissant qui résonnait en elle. Son cœur débordait de joie et d'excitation devant cette découverte magique.

Sans hésitation, la petite fille décida de garder cette pierre inconnue avec elle. Elle la plaça délicatement dans la poche de sa robe, comme si elle protégeait un précieux trésor. La pierre était encore tiède, témoignant de son voyage à travers le ciel avant de plonger dans les eaux de la rivière.

Pleine d'insouciance et d'émerveillement, Vera fit le chemin du retour vers la maison de sa grand-mère, ses pas légers traversant les sentiers boisés. Les rayons du soleil perçaient à travers les feuilles des arbres, créant des motifs dansants sur sa peau et renforçant cette sensation de magie qui l'entourait.

Arrivée chez elle, la petite fille savait qu'elle devait trouver un endroit sûr pour la pierre mystérieuse. Elle choisit avec précaution une boîte en bois ornée de motifs floraux, qui serait son abri secret. Elle plaça délicatement la pierre à l'intérieur, s'assurant qu'elle serait protégée des regards indiscrets.

Un soupir de satisfaction s'échappa des lèvres de Vera. Elle se sentait privilégiée d'avoir été témoin d'un tel événement céleste, de posséder une part de ce mystère. Son esprit débordait d'imagination et de questions sans réponse, mais elle décida de laisser le temps dévoiler les secrets que renfermait cette pierre.

CHASSEUR DE PIERRES NOIRES

La journée se poursuivit dans la chaleur estivale, tandis que Vera partageait son secret avec les arbres, les fleurs et les animaux qui peuplaient la nature environnante. Elle avait bien croisé ses amis sur le chemin du retour, mais elle s'était bien gardée de montrer quoi que ce soit. Elle avait pris un air distant, qui selon elle, était la manifestation absolue d'un comportement naturel. Mais les autres enfants n'étaient pas dupes. Elle, d'habitude si enjouée et communicative, n'a fait qu'éveiller leurs soupçons en les saluant à peine d'un sourire. Bercée par une joie immense, elle n'y accorda pas plus d'attention et se laissa emporter par l'atmosphère paisible de cette journée en plein air.

Et ainsi, la petite Vera continua son chemin dans la nature, ouvrant son cœur et son esprit aux mystères qui l'entouraient. Car elle avait appris, ce jour-là, que même au cœur de l'insouciance de l'enfance, il y avait des mondes secrets à explorer et des étoiles à capturer, ne serait-ce que dans une pierre noire d'un noir profond.

Le soir tombait sur la maison de Vera, peignant le ciel d'une teinte violette et dorée. Les nuages noirs s'amoncelaient à l'horizon, présageant l'arrivée d'un orage d'été puissant. Alors que les premières gouttes de pluie frappaient doucement les vitres, la petite fille se dirigea vers la fenêtre pour la refermer.

Cependant, alors qu'elle s'apprêtait à tirer le rideau, son regard fut captivé par une vision inquiétante. Une silhouette sombre, vêtue d'une cape avec une capuche, se tenait au milieu du jardin. Les éclairs déchiraient le ciel à intervalles réguliers, illuminant par moments cette figure mystérieuse.

Un frisson glacé parcourut l'échine de Vera, son cœur tambourinant dans sa poitrine. La peur engloutit rapidement son insouciance, laissant place à l'angoisse. Elle sentit une boule se former dans sa gorge alors qu'elle fixait la silhouette, qui semblait figée telle une ombre sinistre.

Effrayée, Vera appela à l'aide, criant le nom de sa grand-mère à travers la maison. La voix tremblante, elle décrivit avec précision ce qu'elle voyait, espérant que sa grand-mère vienne rapidement à son secours.

Le bruit de pas lourds se rapprocha rapidement et la porte de la chambre de Vera s'ouvrit en grand, révélant la présence rassurante de sa grand-mère. Celle-ci s'empressa de rejoindre la petite fille, ses bras réconfortants s'enroulant autour d'elle.

Cependant, lorsque la grand-mère posa ses yeux sur le jardin, il n'y avait plus personne. Le vent soufflait doucement dans les arbres, laissant flotter une atmosphère paisible. Les éclairs s'étaient calmés et la pluie tombait maintenant en douces averses, lavant la tension de l'air.

Vera, les yeux embués de larmes, décrivit précipitamment la silhouette qu'elle avait vue. Sa grand-mère l'écouta attentivement, les sourcils légèrement froncés, essayant de calmer les battements précipités de son cœur.

"Ma chérie, il est possible que ton imagination ait joué des tours. Les orages peuvent parfois provoquer des illusions et des formes étranges dans notre esprit", expliqua doucement la grand-mère, cherchant à apaiser les craintes de sa petite-fille.

Vera hocha la tête, désirant de tout son cœur croire en cette explication réconfortante. Elle se blottit contre sa grand-mère, laissant la chaleur de son étreinte dissiper peu à peu sa peur. Les mots réconfortants de sa grand-mère agissaient comme une berceuse apaisante, noyant les ténèbres de l'inconnu dans un océan de sécurité.

La nuit avança, bercée par les roulements lointains du tonnerre et la pluie qui tambourinait sur le toit. Bienveillante, la grand-mère de Vera resta un moment auprès d'elle le temps qu'elle trouve le sommeil réparateur dont elle avait besoin.

La nuit enveloppait la chambre de Vera d'un calme apaisant. Alors qu'elle sombrait doucement dans un sommeil profond, une série de petit coups persistants à sa fenêtre la tira brusquement de ses rêves. Son cœur battait la chamade alors qu'elle se levait et s'approchait de la fenêtre, sans allumer la lumière, pour ne pas risquer de réveiller sa grand-mère.

À sa grande surprise, Vera aperçut Paul et Daniel dans le jardin, la silhouette de Paul se découpant dans l'obscurité avec une corde et un grappin à la main. Intriguée, elle leur demanda ce qu'ils faisaient là à une heure aussi tardive. Paul et Daniel expliquèrent d'une voix à peine audible qu'ils avaient quelque chose d'urgent à lui dire et qu'ils devaient absolument entrer discrètement dans sa chambre.

Vera était réticente au début, mais face à leur insistance, elle finit par céder. Elle était aussi, sans se l'avouer, piquée de curiosité. Elle ouvrit grand la fenêtre de sa chambre, permettant ainsi à Paul de lancer habilement le grappin. D'une main experte, Vera attrapa le grappin, détacha la corde et l'attacha solidement au pied massif en bois de son lit. Un à un, Paul et Daniel grimpèrent silencieusement le long de la corde pour rejoindre Vera dans sa chambre.

— Il ne faut pas réveiller grand-mère ! ordonna Vera à mi-voix avec un geste impressionnant de la main.

La tension était palpable dans l'air. Paul et Daniel, qui avaient croisé Vera tout sourire au retour de la rivière, lui révélèrent qu'ils avaient aussi vu cette étrange lumière tomber dans les eaux tourbillonnantes de la rivière. Ils expliquèrent à voix basse que ce phénomène s'était déjà produit à plusieurs reprises dans la région. Un enfant du coin avait découvert une pierre noire il y a quelque temps, mais depuis, il était poursuivi la nuit par une silhouette énigmatique.

Vera, troublée par ces révélations, refusa catégoriquement de montrer son trésor. Elle se sentait un peu déçue, elle qui croyait avoir découvert quelque chose d'unique. Mais la peur était plus forte et nouait son estomac tandis qu'elle racontait avoir également aperçu cette silhouette étrange dans le jardin de la maison de sa grand-mère.

— Il était là, en bas, dans le jardin et il me regardait, je te jure, souffla Vera tremblante en se remémorant cette apparition glaçante.

Paul et Daniel échangèrent un regard grave, comprenant l'ampleur de la situation. Ils savaient qu'ils devaient aider Vera à échapper à cette menace mystérieuse. La petite fille, prise de panique, se dirigea vers l'armoire de sa chambre. Dans l'un de ses tiroirs, elle saisit une petite boîte en bois soigneusement rangée et en sortit la pierre noire.

Les yeux de Paul et Daniel s'illuminèrent d'étonnement et d'appréhension alors qu'ils contemplaient la pierre d'un noir profond. Ils se demandaient si elle renfermait des pouvoirs magiques. Vera, tremblante, s'apprêtait à remettre précipitamment la pierre dans sa boîte, quand une goutte de sueur perlant de son front s'écrasa sur la surface lisse de la pierre.

Soudain, un souffle puissant balaya la chambre, projetant les trois enfants à terre. Un frisson électrique parcourut la pièce, secouant les meubles et faisant voler les objets dans un tourbillon chaotique. Vera, Paul et Daniel étaient abasourdis et impuissants face à cette force surnaturelle qui les avait projetés au sol.

Une fois le chaos apaisé, ils se relevèrent prudemment, leurs regards captivés par la pierre noire qui reposait maintenant au sol, hors de sa boîte. Des éclairs lumineux semblaient jaillir de sa surface, dansant avec une énergie mystérieuse. La pièce était emplie d'une atmosphère chargée : quelque chose de bien au-delà de leur compréhension venait de se produire.

Vera s'approcha prudemment de la pierre, hésitant à la toucher à nouveau. Cependant, une force magnétique semblait l'attirer, la connectant à cette étrange source de pouvoir. Elle sentait l'électricité statique dans l'air, alimentant à la fois sa fascination et sa peur.

— Qu'est-ce que... qu'est-ce que c'était ? balbutia Vera, cherchant des réponses auprès de Paul et Daniel qui partageaient son étonnement.

Paul fixa la pierre avec fascination.

— Je le savais, confia-t-il d'une voix tremblante comme s'il connaissait déjà l'histoire par cœur.

CHASSEUR DE PIERRES NOIRES

Réveillée par le vacarme, la grand-mère de Vera ouvrit la porte de la chambre avec précipitation. Elle y trouva, les yeux écarquillés et éblouis par la soudaine lumière du couloir, les trois acolytes, dans une chambre sens dessus dessous, assis par terre autour d'une pierre noire, avec une corde qui filait du pied du lit jusqu'à la fenêtre grande ouverte.

Les retrouvailles

La limousine de Vera Villemont fend les rues, le moteur vrombissant comme un avertissement. La tension reste palpable dans l'habitacle. La journée a basculé dans le chaos, les événements chez le bijoutier résonnent encore dans leurs esprits tourmentés.

Matanza tente désespérément de distraire Vera, de la ramener à la réalité avec ses histoires drôles teintées d'une noirceur macabre. Un rire forcé s'échappe des lèvres de Vera, mais son regard est fixé sur l'horizon, ne pouvant se défaire de cette paradoxale anxiété teintée de bien-être qui la submerge.

Soudain, le choc retentit, secouant violemment la limousine. Le métal gémit sous l'impact. La puissance du choc déforme la carrosserie en profondeur. Une autre limousine, vieille et délabrée, s'est faufilée silencieusement à côté d'eux, écorchant leur véhicule dans un sillon meurtrier.

Vera sent son cœur se serrer dans sa poitrine, son souffle se coupe. Ses yeux s'écarquillent lorsqu'elle aperçoit le conducteur de l'autre limousine, un homme dissimulé sous une capuche. Un regard étrange et inquiétant brille dans ses yeux, irradiant une menace palpable.

Matanza réagit instinctivement, saisissant son arme, prêt à ouvrir le feu. Mais Vera, le regard fixé sur l'homme à la capuche.

— NON ! Ne tire pas ! lui intime-t-elle d'une voix tremblante.

La limousine est à quelques mètres seulement de l'homme énigmatique. Vera le reconnaît, même sans l'avoir jamais vu d'aussi près. Elle sait ce qu'il veut. Elle sent au plus profond d'elle-même que cette pierre lui appartient, qu'elle était liée à des secrets terrifiants qu'elle ignore encore.

Le sourire narquois de l'homme à la capuche s'élargit, ses doigts pointent vers la pierre convoitée. Un geste muet qui résonne comme une menace sourde.

La peur paralyse Vera, son corps s'engourdit de terreur. Elle lutte pour retenir Matanza qui, aveuglé par la colère et le désir de protéger Vera, veut en finir avec cet inconnu. Mais Vera sait que ce combat ne peut être gagné ni ici, ni par la violence.

— DÉMARRE ! hurle-t-elle, submergée par la panique.

Matanza obéit sans hésitation, enfonçant la pédale d'accélérateur jusqu'au bout. La limousine bondit en avant, ses pneus crissent contre le bitume, tandis que Vera se retourne pour fixer l'ancienne limousine. Matanza négocie un virage serré, slalomant entre les véhicules pour éviter une collision frontale qui serait leur sentence.

Gregor, secoué et plaqué contre la portière, grogne et marmonne des paroles inintelligibles. La tension dans la limousine est à son paroxysme, chacun ressentant l'urgence vitale qui les pousse à réagir pour leur survivre.

La vieille limousine démarre à son tour, tourne sur la même rue, et chasse les porteurs de la pierre dans les rues sinueuses de la ville. Les deux voitures se frottent et se percutent à de nombreuses reprises, traçant leur chemin à travers un labyrinthe mortel. Vera ne peut s'empêcher de jeter des regards furtifs par la vitre arrière, observant le conducteur déterminé qui les traquait sans relâche.

Les souvenirs oppressants de son passé refont surface. Elle visualise ce premier jour où elle a aperçu cette silhouette menaçante pour la première fois, comme une hallucination.

La respiration haletante, elle fixe Matanza du regard avec détermination.

— Matanza, sauve-nous ! articule-t-elle d'une voix chargée d'urgence.

Matanza acquiesce, sachant que chaque instant compte. Il manœuvre la limousine avec adresse, feintant avec le trafic, cherchant une issue dans ce dédale de rues bondées. La vieille limousine s'accroche, ne laissant aucun répit.

Enfin, une opportunité se présente. Un tunnel sombre et étroit apparaît devant eux, comme un passage vers l'inconnu. Matanza prend la décision instantanée de s'y engager. Il prend tous les risques et augmente encore la vitesse, espérant que cette voie souterraine les conduirait à la sécurité.

La limousine s'engouffre dans l'obscurité du tunnel, les phares percent la pénombre de l'éclairage artificiel comme des yeux cherchant une issue. Dans l'habitacle, les cœurs battent à l'unisson dans une symphonie discordante d'angoisse.

Alors que les secondes semblent se prolonger en une éternité, la limousine émerge de l'autre côté du tunnel. Même si le poursuivant a été bloqué par la circulation, Vera sait que sa quête ne s'arrêtera pas là.

Elle scrute les environs déjà proches de son manoir. Elle donne des instructions à Matanza pour qu'il se gare devant et monte Gregor dans le grand salon. Elle n'a pas oublié que ce petit vaut rien doit payer pour son comportement inadmissible envers sa grand-mère. La limousine est arrivée. Matanza active l'ouverture de la grille d'entrée et avance délicatement la limousine vers le manoir.

La rencontre

Edith descend de sa voiture banalisée. Elle verrouille le véhicule et avance seule jusqu'au 3 rue des Saules. C'est un petit immeuble rachitique et quasiment laissé à l'abandon. Ça ne donne pas envie d'y entrer. Mais elle sait que son métier ne peut pas toujours être fait assise derrière un écran. Commander ses équipes c'est bien. Aller voir soi-même c'est mieux. Cette fois, elle s'en serait bien passé.

Le message sur son téléphone lui a dicté cette adresse, sans plus de précisions.

— ... 3... rue... des Saules... venez... seule...

Elle a réécouté ce message plusieurs fois. Elle a fait analyser la voix dans l'espoir de lui rendre son timbre naturel. Elle a tenté de faire identifier l'appel et sa localisation. Mais rien d'exploitable n'en est sorti. Elle a parlé à Freddie, et s'en est voulu de l'avoir soupçonné. L'inconnu qui a appelé sait très bien ce qu'il fait. Et il le fait très bien. Il est parvenu à déstabiliser Edith comme peu avant lui. Il est parvenu à l'affaiblir psychologiquement. Il a ouvert cette faille en elle qui n'attendait que lui.

Elle aurait pu ignorer ces appels mystère et ce message particulièrement inquiétants.

Mais la voilà qui entre dans l'immeuble. L'interphone a été brûlé de longue date et la porte ferme mal.

Elle avance lentement dans l'escalier puis dans le couloir du premier étage.

L'endroit est plongé dans une pénombre oppressante. Les murs sont décrépis et suintent de moisissure. Les ombres dansent, sinistres, à la lueur faiblarde des ampoules défectueuses, donnant à chaque recoin une aura malsaine. Rien ne respire la confiance ici. Elle hésite un instant. Son instinct lui crie de fuir. Mais sa curiosité naturelle et son professionnalisme la font continuer. Il est trop tard pour reculer de toute façon. Et elle veut savoir qui est derrière cette mascarade et ose s'amuser avec ses nerfs. Elle en a vu d'autres.

Le silence étouffant n'est brièvement rompu que par ses pas hésitants sur les marches en bois délabrées. Chaque pas semble lui murmurer de rebrousser chemin, mais elle s'enfonce davantage dans ces ténèbres étouffantes. Sur le palier du premier étage, elle arrive devant la porte marquée d'un simple mot au feutre rouge : « ici ».

Elle inspire profondément, les yeux fermés. Elle sort son arme de service et la tient avec le canon à la verticale près de son visage. Elle sourit en pensant qu'il n'est pas très loquace. Mais cette inhalation n'a fait que rendre encore plus intense l'odeur qui se répand à travers la porte.

Elle reprend son souffle et frappe à la porte en se tenant sur le côté, près du mur.

Personne ne répond. Aucun bruit à l'intérieur.

S'armant cette fois de courage, Edith pousse la porte qui s'entrouvre presque sans résistance, révélant un intérieur cauchemardesque. Une puanteur écœurante couvre l'air dans un mélange de pourriture et de saleté. Des montagnes d'objets en tous genres s'amoncellent dans un désordre chaotique, entouré de détritus et de débris. C'est un labyrinthe de souffrance et de folie. Edith retient sa respiration, cherchant des yeux des indices qui pourraient l'aider à déchiffrer cette scène macabre.

Une voix rauque résonne soudainement, lui glaçant le sang. "Avance", dit-elle d'un ton empreint d'une cruauté glaciale. Edith suit la voix. Elle progresse lentement dans les décombres de l'appartement, son cœur battant la chamade. Les murs semblent se refermer sur elle, les ombres se tordent et se contorsionnent dans un ballet irréel. Chaque pas est un supplice, l'amenant plus profondément dans l'abîme de cette demeure maudite.

Finalement, elle parvient à la chambre à coucher, d'où venait la voix. La porte grince sinistrement lorsqu'elle la pousse, dévoilant une vision d'horreur indescriptible.

CHASSEUR DE PIERRES NOIRES

Un jeune homme aux traits déformés par la douleur est attaché nu aux quatre coins du lit. Son corps est ravagé par d'innombrables blessures, marques profondes de sévices infligés sans pitié, et son visage est atrocement défiguré, laissant par endroits apparaître son ossature. Le sang séché macule sa peau meurtrie, et ses yeux suppliants sont à demi-fermés, presque inertes. Edith se demande comment il est encore en vie

— Je vous en supplie... Détachez-moi... Sortez-moi d'ici..., murmure-t-il d'une voix faible, à peine audible. Edith sent une vague de compassion et d'urgence la submerger face à la détresse du jeune homme. Elle s'approche lentement du lit, le cœur battant encore plus fort. Chaque pas résonne dans le silence oppressant de la chambre, ajoutant à l'atmosphère déjà suffocante.

Ses mains tremblent légèrement lorsqu'elle cherche des yeux quelque chose qui pourrait lui permettre de le libérer. Son regard se pose sur une petite table près du lit, sur laquelle repose un couteau ébréché. Elle saisit l'outil improvisé, sentant sa prise se resserrer autour du manche froid. La respiration du jeune homme est laborieuse, comme si chaque souffle lui coûtait une douleur insoutenable.

Les secondes semblent s'étirer à l'infini alors qu'Edith s'approche du premier lien. Ses gestes sont maladroits, mais empreints d'une détermination farouche. Chaque coup de lame est un combat contre le temps, une course contre l'agonie qui engloutit peu à peu le jeune homme.

Le silence est uniquement rompu par les halètements du jeune homme, emplis de douleur et d'espoir mêlés. Chaque instant est une lutte contre l'horreur qui les entoure, une bataille contre les ténèbres qui menacent de les engloutir tous les deux.

Finalement, le dernier lien est tranché. Edith libère le jeune homme et l'aide à s'asseoir lentement sur le bord du lit. Son corps est meurtri, son esprit ébranlé, mais il est libre.

— Accroche-toi, je vais te sortir d'ici, murmure Edith d'une voix empreinte d'empathie et de détermination.

— Quel est ton nom ? demande-t-elle machinalement.

— Da... Damien... Où est... Sylvia ?

Edith s'arrête net. En une fraction de seconde elle comprend la moitié de la raison pour laquelle la voix sur son téléphone l'a fait venir dans cet endroit lugubre. L'autre moitié est de découvrir pourquoi.

Alors qu'elle aide Damien à se lever avec précaution, une ombre s'abat brusquement sur la pièce. Une silhouette encapuchonnée se dresse dans l'embrasure de la porte, les yeux brillants d'une lueur perverse. Un rire dément résonne, la faisant frissonner jusqu'au plus profond de son être.

"Tu penses pouvoir te jouer de moi, petite policière ?" susurre la voix sombre, chargée d'une haine insondable.

Le temps semble se figer tandis que l'horreur de la situation prend toute son ampleur. Edith se retrouve face à face avec le mal incarné, son instinct de survie lutte contre la terreur qui menace de la paralyser.

Le cauchemar vient de commencer, et Edith sait qu'elle doit se battre, non seulement pour sa propre vie, mais aussi pour celle de Damien.

Dans un éclair de survie, Edith et la silhouette encapuchonnée s'engagent dans une lutte acharnée. Chaque mouvement est empreint de désespoir et de détermination. Les coups s'échangent dans une chorégraphie macabre, les griffes de l'obscurité lacèrent l'air.

Edith vide son chargeur, tir après tir, cherchant à toucher sa cible mouvante. Les balles sifflent, mais la silhouette évite avec une agilité déconcertante chaque projectile. L'espace d'un instant, leurs regards se croisent, révélant une lueur de folie dans les yeux de l'adversaire. Puis, d'un mouvement fluide, la silhouette traverse la fenêtre, disparaissant dans la nuit telle une ombre insaisissable.

Le cœur battant à son maximum, Edith descend les escaliers de l'immeuble miteux en courant et s'élance dans la rue à la poursuite de son insaisissable ennemi. Les lumières blafardes des lampadaires baignent les ruelles assombries à la tombée de la nuit, mais aucune trace ne subsiste. Elle cherche frénétiquement, scrutant chaque recoin, mais la silhouette s'est volatilisée, laissant derrière elle un goût d'incompréhension et de danger latent.

Revenant dans l'appartement sordide, Edith ressent un frisson glacial la parcourir. L'obscurité semble plus dense, les ombres plus menaçantes. Elle avance prudemment vers la chambre à coucher, son arme rechargée toujours à la main. L'inquiétude se mêle à l'angoisse, car quelque chose a changé, une présence est absente.

Lorsqu'elle pousse la porte, une vague de terreur la submerge. Le lit est vide, les liens qui maintenaient Damien dans son supplice ne sont plus qu'un souvenir. Il a disparu, comme avalé par les ténèbres de cet endroit maudit. L'air est empreint d'une aura suffocante, comme si le mal avait pris possession de chaque recoin de l'appartement.

Edith observe chaque centimètre carré de la pièce, espérant trouver un indice, un élément qui l'aiderait à comprendre ce qui vient de se produire. Mais tout ce qui règne est un silence pesant, brisé uniquement par le souffle erratique du vent qui s'infiltre à travers les fenêtres fissurées.

La panique monte en elle, mêlée à une frustration impuissante. Comment est-il possible que Damien ait disparu, dans son état, sans laisser de trace ? Un sentiment de culpabilité l'envahit. Elle se demande si elle aurait pu faire quelque chose de plus pour le protéger.

Dans cette chambre macabre, les murs semblent se refermer sur elle, comme si l'appartement lui-même était une entité maléfique, jouant avec ses peurs et ses faiblesses. Edith se sent piégée dans une toile d'horreur, cherchant désespérément une échappatoire.

Alors que la lueur du jour décline encore, Edith se force à reprendre son calme. Elle doit rester lucide, trouver des réponses et retrouver Damien. Les battements frénétiques de son cœur résonnent dans le silence assourdissant de la chambre. Elle commence à fouiller chaque recoin, chaque objet abandonné, à la recherche d'indices qui pourraient la guider.

Soudain, un détail attire son attention. Sur le sol, à proximité du lit, elle remarque une traînée de sang séché. Elle s'agenouille, passant son doigt sur la substance sombre et poisseuse. Le frisson qui lui donne une chair de poule presque douloureuse lui confirme que c'est du sang frais.

Son esprit se met en marche, reconstituant les événements dans un ballet synchronisé. Damien a été enlevé avec une violence inouïe. La question est : par qui ? Et pourquoi ? Les pensées s'entrechoquent dans sa tête, tandis qu'elle cherche frénétiquement d'autres indices qui pourraient lui fournir des réponses.

Puis, son regard se pose sur un morceau de papier froissé, presque dissimulé sous un amas de vêtements sales. Elle le ramasse avec précaution, dépliant soigneusement les plis. Les mots écrits à la hâte sur la feuille la font frissonner : "Ce n'est que le début. Tu ne pourras pas les sauver tous."

Elle déteste autant cette manipulation que l'attaque de panique dont elle est victime sur l'instant. Le message est clair. Ce n'est pas un simple enlèvement isolé. C'est une menace, un avertissement glaçant. Edith sent une nouvelle vague d'adrénaline parcourir ses veines. Elle doit agir rapidement, avant qu'il ne soit trop tard.

Son instinct de policière lui souffle que l'ennemi est toujours à proximité, tapi dans l'ombre, observant chacun de ses mouvements. Elle serre sa prise sur son arme, reprenant confiance en sa détermination à mettre fin à cette spirale infernale.

L'appartement miteux résonne maintenant d'une ambiance encore plus oppressante. Les murs semblent se rapprocher, les ombres se meuvent, menaçantes. Edith franchit la porte, déterminée à poursuivre sa quête de vérité, à tout prix. Elle envoie le message convenu avec ses équipes pour qu'ils interviennent en renfort immédiat. Ils la suivent avec localisation depuis le début de l'intervention.

CHASSEUR DE PIERRES NOIRES

Dans l'obscurité qui engloutit l'intérieur de l'immeuble, elle gravit les marches, ignorant la fatigue qui commence à s'emparer d'elle. Chaque pas est un pas de plus vers l'inconnu, vers la résolution de l'énigme qui se dresse devant elle.

La traque ne fait que commencer. Et Edith est prête à affronter les ténèbres, à défier l'impensable pour sauver non seulement Damien, mais elle-même. Les images horribles de la chambre hantent son esprit, alimentant sa détermination à démasquer l'abomination qui se cache dans l'ombre.

Les minutes s'écoulent, mêlées d'angoisse et d'urgence. Les battements de son cœur résonnent comme un compte à rebours, rythmant sa course effrénée à travers les couloirs sombres. Chaque porte qu'elle ouvre, chaque recoin qu'elle explore, ne font qu'accroître son sentiment d'oppression. L'immeuble semble vivant, imprégné d'une présence sinistre qui se joue d'elle.

Alors qu'Edith avance dans le dédale des couloirs, un bruit étouffé attire son attention. Elle se fige, tendant l'oreille. C'est un murmure lointain, un chuchotement à peine audible. Guidée par son instinct, elle suit le son, descendant de plus en plus profondément dans les entrailles sombres de l'immeuble.

Les murs suintent l'humidité, les ampoules vacillantes diffusent une lumière faible et vacante. Des ombres mouvantes dansent dans les coins, jouant avec sa perception. Mais Edith ne se laisse pas distraire. Son objectif est clair : trouver Damien et mettre fin à cette terreur.

Soudain, un éclat de lumière aveuglante perce l'obscurité. Edith se précipite vers la source, découvrant une porte entrebâillée d'où provient la lueur. Elle pousse la porte avec précaution, se retrouvant face à une scène macabre.

La pièce est emplie d'objets étranges, d'outils sinistres et de symboles ésotériques tracés sur les murs. Au centre, un autel improvisé retient l'attention d'Edith. Sur celui-ci est posée une photo de Damien, ensanglantée et entourée de bougies vacillantes.

Le murmure s'intensifie, se transformant en un chuchotement insidieux qui résonne dans l'air. Edith se tient immobile, prête à affronter le mal qui se cache dans l'ombre. Son regard balaye la pièce, à la recherche d'une quelconque présence. Et c'est là qu'elle le voit.

Dans un coin obscur, une silhouette encapuchonnée se tient, immobile et silencieuse. Les yeux d'Edith se fixent sur cet être, ressentant une aura maléfique émaner de lui. Sans hésitation, elle pointe son arme dans sa direction.

"Qui êtes-vous ? Où est Damien ?", demande-t-elle d'une voix empreinte de détermination.

La silhouette ne répond pas, mais un sourire glacial se dessine sur son visage dissimulé. D'un geste lent, elle lève les mains, révélant des marques mystiques tatouées sur sa peau pâle. L'air se charge d'électricité, et Edith sait qu'elle doit frapper fort si elle veut survivre.

Sans prévenir, la silhouette se projette en avant, une aura sombre l'entourant. Les objets volent dans la pièce, les bougies s'éteignent brusquement. Edith tire, les balles traversant l'air, mais elles semblent se dissiper avant d'atteindre leur cible.

Une nouvelle bataille épique s'engage, mêlant force physique et maîtrise des éléments. Edith évite de justesse les attaques dévastatrices de la silhouette, ripostant avec une détermination farouche et une expertise acquise au fil des années. Chaque coup, chaque esquive, est un ballet mortel qui se déroule dans cette chambre maudite.

Les facultés de la silhouette semblent illimitées, manipulant les éléments autour d'elle pour tenter d'abattre Edith. Mais elle ne recule pas. L'adrénaline coule dans ses veines, alimentant sa détermination à protéger ceux qu'elle aime et à mettre fin à ce cauchemar.

Les murs tremblent sous la violence du combat, les meubles se brisent, mais Edith ne flanche pas. Elle trouve en elle une résilience insoupçonnée, puisant dans ses dernières forces pour résister à l'assaut de la silhouette. La mâchoire serrée jusqu'à la douleur, elle parvient, dans une roulade après avoir été projetée à terre, à recharger son arme une dernière fois.

Les secondes s'étirent en une éternité, jusqu'à ce qu'enfin, dans un dernier effort, elle trouve une ouverture. D'une précision chirurgicale, elle décoche un coup décisif, touchant la silhouette en plein cœur. Un cri déchirant et strident résonne dans la pièce, remplie de colère et de désespoir.

La silhouette chavire, mais continue d'avancer sur elle, encore plus menaçante et prête à tout comme un animal blessé. Edith vide ce qu'il lui reste de munitions sur la silhouette, mais, trop affaiblie, elle ne touche pas vraiment sa cible cette fois. Une salve de tirs croisés et intenses de ses équipiers parvient à mettre un terme à l'attaque désespérée de la silhouette qui s'effondre au sol, avec un bruit sourd d'une masse extrêmement lourde. L'équipe d'Edith se déploie dans la pièce et la prend en charge.

Edith reprend son souffle, son regard fixé sur cette masse énorme qui gît sur le sol devant elle.

Patricia s'accroupit à côté d'Edith en retirant son casque.

— Je te l'avais dit : une jeune et jolie jeune femme comme toi ne devrait pas se promener seule à la tombée de la nuit, dit Patricia d'un air moqueur avant que les deux amies ne s'embrassent en riant.

— Tu as trouvé Damien ? demande Edith avec un grand espoir dans la voix.

— Oui, il n'est pas beau à voir, mais il est entre de bonnes mains maintenant, indique Patricia en lui caressant ses cheveux trempés de sueur pour la réconforter.

Le manoir 1

Sylvia éponge longuement les deux traînées de sang sur la portière du camping-car, le regard empreint d'une anxiété grandissante. Une lueur d'angoisse traverse ses yeux alors qu'elle se demande à qui appartient ce sang. Son esprit est tourmenté par les sombres possibilités. Elle est consciente que Damien n'est pas un monsieur muscles.

Les muscles !

Sylvia replonge l'éponge dans le seau d'eau savonneuse, ses gestes deviennent plus frénétiques. Elle remonte précipitamment dans le camping-car, fermant la porte derrière elle d'un mouvement brusque. Les stores des fenêtres sont abaissés d'un geste nerveux. Ses mains tremblantes allument l'ordinateur de Damien avec une impatience presque fiévreuse. Son cœur bat la cadence alors qu'elle prie pour que le mot de passe n'ait pas été changé. Elle tape frénétiquement le mot de passe.

Un sourire tendu s'affiche sur son visage, c'est le bon mot de passe. Cependant, lorsque ses yeux se posent sur le fond d'écran, une vague de panique la submerge. Sa respiration se coupe brutalement et elle recule violemment, chutant du tabouret sur lequel elle était assise. Elle reste immobile sur le sol, en proie à un silence glaçant, tentant de comprendre comment ce qu'elle vient de voir est possible. Les larmes lui montent aux yeux, mêlant la rage à la douleur, regrettant amèrement d'avoir laissé Damien seul face à cet inconnu. Les remords la submergent, oppressants. Elle se relève, jetant un coup d'œil furtif par les interstices des stores, s'assurant que personne ne rôde autour du véhicule. Elle se faufile discrètement devant l'ordinateur, telle une ombre.

Elle se voit elle-même sur l'image de fond d'écran, en train de parler avec des campeurs dans la clairière proche.

Sylvia sait qu'elle ne devrait pas, mais elle ne peut retenir un hurlement mêlé de rage et de douleur qui la soulage un instant de la tension difficile à supporter.

Qui a fait ça ? Comment ?

Si ce qu'elle pense est vrai, elle réalise qu'elle est face à un individu détraqué, capable de tout.

Une vague d'impuissance s'abat sur elle. Elle aimerait demander de l'aide, peut-être à la police ? Cependant, elle sait au plus profond d'elle-même que ce n'est pas une option viable. Malgré les aléas de la vie qui les ont séparées, cette pierre et son histoire représentent le seul souvenir qu'elle garde de sa mère. Avec le recul, elle se dit qu'elle aurait donné n'importe quoi pour avoir une mère présente, chaque jour. Sa vie aurait été différente.

Elle ouvre le logiciel de dessin sur l'ordinateur, affichant l'image du fond d'écran et la sauvegardant sur le disque dur, sans effacer les données de localisation. Puis, par une connexion directe, elle envoie cette image terrifiante sur le téléphone portable de Damien.

Sylvia fixe encore un peu l'écran du portable, par habitude, puis avec une intensité croissante et un peu d'appréhension. Son visage est blême lorsqu'elle remarque enfin les appels répétés de Damien vers un même numéro. Soixante-deux fois vingt secondes, puis une fois quarante secondes. C'est un appel à l'aide désespéré, une tentative désespérée de trouver du secours. Elle calcule que l'heure de ces appels correspond au moment où elle se trouvait déjà avec Damien. Et comme elle ne l'a pas vu appeler, il a dû le faire quand elle s'est éloignée après l'arrivée de l'inconnu. Elle tente de visualiser ce qui a pu se passer.

Une tension électrique parcourt son corps tandis qu'elle s'imagine Damien, probablement en panique, tentant de joindre ce numéro sans réponse.

Mais à qui appartient-il ?

Sylvia, l'esprit en ébullition, prend rapidement la décision d'activer la connexion Internet par satellite du camping-car. Elle doit découvrir l'identité de ce mystérieux numéro grâce à une recherche inversée. Ses doigts tremblent légèrement alors qu'elle tape frénétiquement les mots-clés dans le moteur de recherche.

Les résultats apparaissent à l'écran, mais Sylvia se retrouve confrontée à une demande de paiement pour obtenir des informations supplémentaires. C'est un mot qu'elle évite soigneusement d'utiliser ces derniers temps. Sa respiration s'accélère alors qu'elle cherche frénétiquement une solution. Puis, un éclair de souvenir lui traverse l'esprit : Damien lui a montré une astuce pour contourner ce type de page de paiement et accéder directement aux résultats. Ses doigts tapent frénétiquement la combinaison de touches dont elle se souvient. Elle frappe le clavier à grande vitesse et répète l'enchaînement des touches de nombreuses fois, jusqu'à ce que ça casse. Alors que l'extrémité de ses doigts commence à la faire souffrir, le nom de la propriétaire du numéro s'affiche enfin à l'écran, dans une page déstructurée.

"Edith Lasser", murmure-t-elle, sa voix portée par un mélange de confusion et d'amertume.

Elle tape le nom dans le moteur de recherche, mais les résultats sont maigres. Une artiste peintre. Peut-être, mais elle est trop vieille pour Damien. « Quoique », se dit-elle en souriant. Qui est vraiment cette femme ? Pourquoi Damien ne lui en a-t-il jamais parlé ? Est-il impliqué avec elle d'une manière ou d'une autre ? Pourquoi l'appelait-il à maintes reprises dans un état de panique évident ? Les questions tournent dans l'esprit de Sylvia, l'enveloppant d'un sentiment étrange et oppressant.

Elle réalise cependant qu'elle ne pourra pas répondre à toutes ces interrogations dans l'immédiat. Une boule de tension s'installe dans sa poitrine, mêlée à une détermination sans faille.

Elle ouvre le mini frigo. Il n'y a qu'une petite bouteille d'eau. Elle la saisit, la pose sur son front pour se rafraîchir, dévisse le capuchon avec impatience et boit goulûment.

Sylvia reprend ses recherches.

Cette fois elle se concentre sur l'identité des actionnaires du restaurant à partir de son adresse. Elle plonge dans un labyrinthe de sociétés-écrans et de transactions douteuses, observant à quel point le monde des affaires est devenu un bal masqué.

Après de longues recherches et recoupements laborieux, elle finit par mettre la main sur une certaine Vera Villemont, la bénéficiaire majoritaire du restaurant « Délice Nouilles ». Villemont... Ce nom lui évoque quelque chose. C'est une sorte de célébrité locale. Son visage... c'est comme une macabre réminiscence de sa mère. Ou peut-être même une funeste vision de ce qu'elle aurait pu être, altérée par l'implacable passage des années. Chaque fois que le moindre élément évoque le souvenir de sa mère, c'est une descente vertigineuse dans les abîmes de l'angoisse. Des souvenirs douloureux surgissent alors, comme des vagues impétueuses de violence qui ont brisé leur lien autrefois si précieux.

Les images qu'elle découvre la montrent coupant des rubans lors d'inaugurations d'établissements et posant devant une immense demeure, un manoir avec des colonnes à l'entrée, aux côtés d'un chien... Le cœur de Sylvia s'emballe brutalement dans sa poitrine, martelant ses tempes avec une intensité dévorante.

Hadès ! C'est lui ! Ce chien, avec cette tache noire distincte sur sa tête !

Sylvia reprend son souffle, cherchant à calmer ses pensées bouillonnantes. Elle note l'adresse et la saisit dans l'ordinateur de bord du camping-car, qu'elle démarre sans perdre une seconde. Ses mains crispées sur le volant, elle manœuvre maladroitement le véhicule, cherchant à réveiller ses réflexes oubliés après des années sans conduire.

Elle rejoint rapidement la route qui s'échappe du bois, accélérant vers son destin avec une détermination farouche. Sylvia sent l'adrénaline couler dans ses veines, nourrissant sa détermination à faire éclater la vérité sur tout ce qu'elle vient de découvrir.

Sylvia s'apprête à pénétrer dans le sinistre manoir de Vera Villemont. Après avoir cherché désespérément une place de parking pendant une éternité, elle finit enfin par en dénicher une.

Damien a lui-même bricolé un dispositif de sécurité redoutable. S'il y a quelqu'un qui tente de forcer l'entrée du camping-car, une surprise de taille l'attend à l'intérieur, une surprise électrique. Bien sûr, c'est totalement illégal, mais diablement efficace, selon Damien.

Prudente, elle active le système de sécurité du camping-car et en fait le tour complet pour s'assurer qu'elle n'a rien laissé de vulnérable.

Elle porte en bandoulière un petit sac contenant un kit de survie : un téléphone, un couteau à lame rétractable, une petite lampe de poche, des barres énergétiques, un peu d'eau et la paire de jumelles de Damien avec un verre brisé. Elle croque avidement une des barres alors qu'elle s'approche à pied de sa destination.

L'entrée du manoir se trouve à l'angle de la rue du Chêne et de l'avenue des Roses. Le bâtiment est encore plus imposant que sur les photos. Sylvia s'arrête un instant sur le trottoir d'en face, contemplant les formes multiples du toit. Certaines sont triangulaires, d'autres obliques, d'autres encore octogonales. Les cheminées s'élèvent vers le ciel telles les branches d'une plante en plein essor. La partie centrale, encadrée de colonnes, est surmontée d'une tour imposante au toit effilé. L'aile gauche ressemble à un véritable repaire de vampires, tandis que l'aile droite évoque des appartements modernes et minimalistes, dénués de toute âme. Sylvia admire le contraste et la façon dont la demeure capte la lumière, créant un ballet de reflets soigneusement étudiés.

Cependant, elle n'est pas là pour prendre des photos et les partager sur les réseaux sociaux. Elle est venue récupérer ce qui lui appartient. Peut-être que sa découverte l'aidera à retrouver la trace de Damien.

Sylvia avance quelques pas le long du côté moderne du bâtiment et sursaute lorsqu'elle croit reconnaître la voiture dans laquelle elle a été enlevée. Elle s'approche furtivement du véhicule. Elle n'a jamais pensé à mémoriser la plaque d'immatriculation, mais le volant sport à bandes jaunes ne laisse aucun doute. Son agresseur habite dans ce manoir ? À présent, elle en est convaincue. D'abord le chien, maintenant la voiture. Elle a malgré elle croisé le chemin d'un criminel des beaux quartiers. Elle sort son téléphone de son sac et prend quelques photos de la voiture sous différents angles, veillant à bien capturer le numéro de la plaque. Un grincement métallique retentit à proximité. C'est la grille d'entrée qui commence à s'ouvrir. Instinctivement, Sylvia se cache derrière le plus proche des arbres de l'avenue, espionnant le trottoir dans le reflet de son téléphone pour ne pas éveiller les soupçons des passants. Une longue limousine noire s'arrête devant la grille et avance lentement, pénétrant finalement dans la propriété.

La grille commence à se refermer immédiatement. Les portières avant et arrière de la limousine sont complètement marquées, comme si elles avaient été griffées par un mur. Sylvia ne perd pas une seconde. Elle s'approche silencieusement à pas de loup, baissant la tête pour éviter d'être captée par les caméras de surveillance, et se faufile à travers l'étroite ouverture de la grille juste avant qu'elle ne se referme complètement derrière elle.

Elle se précipite à l'intérieur, sans réfléchir, roulant sur elle-même pour éviter d'être repérée, puis se redresse avec difficulté, glissant sur le béton de l'allée qui mène au manoir. Elle avance cette fois à grands pas, toujours recroquevillée, jusqu'à ce qu'elle se retrouve cachée parmi les buissons fleuris. Son genou droit est douloureusement blessé par le frottement contre le bitume de l'entrée. Elle serre les dents, discrètement, tandis qu'elle pousse sur ses jambes pour observer les alentours.

La limousine est maintenant stationnée devant le manoir, sous la porte cochère. Sylvia aperçoit brièvement le chauffeur qui se précipite à l'intérieur du bâtiment, portant un homme sur son épaule. Elle se demande si cet homme est ivre ou peut-être même mort. Peu importe, c'est certain, son agresseur réside dans ce manoir. Elle sort son téléphone de son sac et prend encore quelques clichés.

Alors qu'elle réfléchit à un plan de fuite, un sentiment de tension grandit en elle. Les événements prennent une tournure de plus en plus mystérieuse. Sylvia se rend compte que sa présence dans ce manoir est bien plus périlleuse qu'elle ne l'avait imaginé.

Allongée parmi les fleurs chatoyantes, elle prend une gorgée d'eau de sa petite bouteille pour se rafraîchir. Elle se dit que son instinct l'a guidée jusqu'ici, mais maintenant, elle doit trouver un moyen plus réfléchi de s'échapper. La grille est haute et il est peu probable qu'elle se rouvre de sitôt. Sylvia cherche désespérément une issue lorsque soudain, un cri sourd résonne depuis le manoir. Elle relève la tête, les sens en alerte, observant son environnement avec prudence et deux tulipes sous le nez.

Je t'en supplie

— NOOOON, MAMAN, JE T'EN SUPPLIE ! hurle Sylvia alors que sa mère s'approche, le martinet rouge à la main.

Le carnet de notes de Sylvia est catastrophique, terriblement mauvais. Et sa mère est déçue. Elle attache une importance particulière à la réussite scolaire de sa fille, qu'elle élève seule. Son père, un lâche parmi les pires, est parti avec une veuve fortunée. Il a préféré cette voie rapide vers l'opulence plutôt que de soutenir sa propre famille.

— SORS DESSOUS CE LIT ! rugit sa mère en frappant le matelas avec le martinet.

Sylvia a couru pour se réfugier. Son corps tout entier tremble comme une feuille. Sa respiration est haletante. Et elle se souvient encore de la dernière séance où les lanières ont brûlé sa peau. Le lendemain, elle a dû porter un pull pour dissimuler les cicatrices, en plein été. Ses camarades se sont moqués d'elle toute la journée à l'école. Chacune de ces brimades était comme un coup de fouet supplémentaire pour elle. À la douleur physique s'ajoutait la souffrance psychologique.

— SYLVIA ! hurle encore sa mère, renversant la petite table de nuit d'un coup de pied pour évacuer sa frustration.

Sylvia tremble encore plus. Elle sait qu'il n'y a aucun moyen d'échapper à la fureur de sa mère. Elle voudrait avoir un pouvoir magique qui lui permettrait de fuir cette chambre maudite. Mais rien de tel. Elle observe chacun des pas que sa mère fait devant le lit, allant et venant pour lui montrer qu'elle ne cédera pas. Remplie de peur, de désespoir et de résignation, elle avance à quatre pattes en rampant pour sortir de sa cachette sous le lit.

— Je ne te félicite pas ! dit froidement sa mère en lui indiquant d'un geste agité de sortir de sa cachette et de prendre position.

Sylvia tente de retenir ses larmes, mais c'est en vain. Elle soupire. Elle pleure.

— Allez ! Je n'ai pas que ça à faire ! ordonne sa mère en pointant avec le martinet l'endroit où Sylvia doit se tenir.

Sylvia obéit, en larmes. Sa mère lui demande d'arrêter immédiatement de pleurnicher. Elle lui rappelle que pleurer est le signe des faibles. D'une manière brutale, elle défait les boutons de son chemisier, le jette sur le lit et la retourne, dévoilant son torse nu.

— J'attends ! s'impatiente sa mère, agacée.

Sylvia lui jette un regard furtif par-dessus son épaule et lève lentement ses bras en l'air, à la verticale.

— C'est bien. Ne bouge plus. Et ne crie pas ! ordonne sa mère d'une voix menaçante.

À peine Sylvia ferme les yeux, serre les dents et les poings, que le premier coup s'abat sur son dos en diagonale. Elle se tord de douleur, ses jambes flageolent.

— Redresse-toi ! demande sa mère d'un ton menaçant.

Sylvia se redresse avec difficulté, reprenant la position, les bras levés.

Le deuxième coup est encore plus dévastateur, car la chair est déjà meurtrie et sa mère gagne en confiance. Le bruit sifflant du martinet fend l'air, suivi d'un violent impact sur son dos. Sylvia retient un cri de douleur, ses larmes coulent abondamment, mêlant la souffrance physique à l'agonie émotionnelle.

Sa mère ne montre aucun signe de pitié. Elle frappe encore et encore, son martinet claquant comme une sinistre symphonie de torture. Chaque coup est un écho assourdissant de sa frustration, de son ressentiment et de sa colère refoulée.

Le souffle court, le corps endolori et marqué, Sylvia lutte pour rester debout. Ses forces s'amenuisent, mais elle tient bon, son visage déformé par l'effort et la douleur. Elle fait preuve d'une détermination silencieuse, refusant de céder complètement à la terreur.

Le supplice se poursuit, chaque impact du martinet dessinant un tableau macabre sur sa peau vulnérable. Le calvaire semble interminable, chaque instant étiré dans une agonie intolérable. La pièce résonne des pleurs étouffés de Sylvia, mêlés aux grondements menaçants de sa mère, créant une atmosphère oppressante et angoissante.

Finalement, après une éternité de supplice, sa mère pose le martinet, épuisée de sa rage. Sylvia reste là, pantelante, son corps meurtri et brisé, ses larmes formant des rivières de chagrin sur ses joues.

Le manoir 2

Le crépuscule plonge le paysage dans une atmosphère lugubre, tandis que Sylvia observe à distance la scène macabre se dérouler devant ses yeux. Vera, ce nom résonne dans son esprit tel un écho sinistre. Avant, cette Vera s'appelait Marta. Marta Capra. Dans ses jumelles, elle revoit ce soir cette femme vêtue de noir, sadique et sans pitié, fouetter Gregor avec un martinet rouge. Ce même martinet qui avait jadis marqué son corps innocent, lorsqu'elle était une enfant sans défense. Les souvenirs de sa mère violente lui reviennent en force, déversant dans son âme des torrents de terreur et de douleur.

Les cicatrices émotionnelles de Sylvia étaient profondes, si profondes qu'elles avaient conduit à la séparation douloureuse entre elle et sa mère. Marta avait fini derrière les barreaux, condamnée pour ses actes de violence insensée. Sylvia avait cru qu'elle serait enfin libérée de cette emprise maléfique, mais la vie lui réservait cette surprise sinistre.

En observant attentivement, Sylvia réalise à cet instant précis et avec un frisson d'horreur que Vera est sa mère. Il y a peu de doute possible. Elle est envahie par un vertige émotionnel qui la laisse avachie et inerte entre les fleurs pendant de longues minutes. Ses souvenirs s'entrechoquent, martelés par les cris de sa mère. Les traits déformés par la haine et le sadisme, le sourire diabolique, tout cela confirme les sombres soupçons qui hantent ses nuits sans fin. Sa mère, cette figure cauchemardesque, a changé de vie, pour la hanter à nouveau.

Un hurlement s'échappe des profondeurs de son être, ébranlant l'air chaud de la nuit qui arrive. Elle crie pour tenter d'expulser ce terrible sentiment d'impuissance. Ce vertige devient infini lorsqu'elle réalise que ce fils qu'elle a elle-même abandonné à la naissance est peut-être aujourd'hui prisonnier du joug de sa propre mère.

Vera et l'homme qu'elle fouettait, attirés par ce cri déchirant, s'approchent de la fenêtre, leurs ombres menaçantes projetées sur le sol. Sylvia se dissimule, tentant de contrôler les battements frénétiques de son cœur. Son souffle est rauque et saccadé, trahissant son effroi incommensurable.

L'homme quitte la pièce en vitesse et réapparaît à l'entrée du manoir. Il tient deux chiens en laisse avec lui. Il leur donne un ordre, comme s'il les libérait pour chasser leur proie. Sylvia sait qu'elle est cette proie, traquée dans les méandres de l'obscurité entrecoupée des halos des lumières de sécurité.

Son fils n'est qu'un pion dans ce jeu macabre. Un esclave consentant qui l'a avilie dans ce restaurant.

La tension est palpable, et l'air saturé d'une terreur suffocante. Sylvia doit pourtant trouver un moyen de s'échapper, de sauver sa vie de nouveau menacée. Chaque coup de griffes des chiens sur le bitume de l'allée résonne comme un glas funèbre dans son esprit tourmenté.

Ses pensées s'entrechoquent dans une lutte désespérée pour trouver une issue. Elle doit se battre, trouver la force en elle pour surmonter ce qu'elle vient de découvrir, comme un coup de poing en pleine figure. La survie est sa seule option. Elle n'a d'autre choix que de se confronter à cette réalité cauchemardesque. Sylvia sait qu'elle doit agir rapidement, avant que les griffes acérées des chiens ne s'enfoncent dans sa chair.

Des gardiens avec de puissantes torches arrivent sur elle, bondissant par surprise hors du buisson attenant.

Le grand blessé

— Vous êtes aussi belle qu'amochée ! dit Adam Labiche d'un ton glacial en revoyant Edith, dont le visage est marqué par des blessures.

— Pitié, épargnez-moi votre humour sinistre, gémit Edith, toujours sous le choc de sa rencontre dans cet immeuble délabré.

Adam relève la tête, ses yeux brillent d'une lueur sombre d'artiste incompris. À ses côtés se trouve Damien, dont le corps gît sur le lit, surveillé intensivement après avoir été soigné de ses blessures profondes. La majeure partie de son visage est dissimulée sous un bandage.

— Vous voulez voir son visage ? demande Adam, un sourire diabolique aux lèvres.

Avant qu'Edith n'ait pu répondre, Adam lui montre les dernières photos qu'il a prises du visage de Damien après l'intervention chirurgicale. Un frisson d'horreur traverse tout le corps d'Edith lorsqu'elle recule, fixant le visage exposé à la lumière. Les scènes de crime auxquelles elle a été confrontée sont dures, mais celle-ci est insoutenable.

— Il faudra encore quelques retouches, mais je suis assez satisfait du résultat, déclare Adam d'un ton satisfait.

Edith se demande à quoi ressemblerait Damien maintenant si Adam n'était pas "satisfait".

— Sinon, avez-vous avancé dans l'affaire de Sylvia ? continue Adam, toujours empreint de moquerie.

Un regard foudroyant, chargé de colère, jaillit des yeux d'Edith. Elle est prête à en découdre avec Adam.

— Oh, j'ai tapé dans le mille, semble-t-il, s'exclame Adam dans un rire lugubre qui résonne dans toute la pièce.

— Docteur Labiche, vous êtes épuisant. Où est le corps ? demande Edith, d'une voix blasée.

— Ah, le gros tas ?

Edith lève les sourcils, confuse. Elle ne sait pas ce qu'il insinue. Pourquoi parle-t-il d'un "gros tas" maintenant ?

— Que voulez-vous dire, docteur Labiche ?

— Franchement, je ne sais pas ce que vous m'avez amené, mais cela ressemble à un énorme amas. Voulez-vous vraiment le voir ?

Edith acquiesce de la tête et suit Adam jusqu'à la morgue, située au sous-sol. Elle se souvient vaguement que cet inconnu avait une morphologie plutôt fine et solide lorsqu'elle l'a rencontré. Ils parcourent des couloirs sombres et parviennent à la salle principale, où les cadavres en attente d'autopsie sont entreposés. L'endroit est aussi glauque que d'habitude. Chaque fois, l'état de délabrement de cet endroit lui rappelle son propre bureau. Elle frissonne de dégoût. Elle déteste cet endroit sinistre et froid.

Lorsque vous entrez dans la pièce, vous êtes immédiatement frappé par l'obscurité ambiante, seulement ponctuée par des éclairages de mauvaise qualité qui vacillent de manière intermittente, créant des d'ombres mouvantes qui semblent danser sur les murs. Une bouche d'aération mal placée et vous avez toute une ambiance à votre disposition.

Elle avait oublié l'état des murs, recouverts d'une fine couche d'humidité, donnant une impression de décrépitude et de désolation. Des taches d'humidité sombres se dessinent sur la surface, comme si elles étaient des marques de tristesse et de détresse. Les coins de la salle sont plongés dans l'obscurité la plus profonde, accentuant le sentiment d'oppression.

Sans parler de cette odeur caractéristique qui flotte dans l'air, mélange de produits chimiques, de désinfectants et d'une note subtile de putréfaction mal maîtrisée. Elle se dit qu'Adam a un certain courage d'avoir choisi cet hôpital. C'est une senteur pénétrante qui semble imprégner chaque centimètre de la pièce, rappelant la nature inéluctable de la mort.

Au centre de la salle se trouve une table en acier inoxydable avec une énorme masse noire posée dessus, froide et clinique. Des tuyaux métalliques pendent du plafond, prêts à être utilisés pour des procédures macabres. Des instruments chirurgicaux et des bocaux contenant des substances inquiétantes sont disposés sur des étagères, témoignant de l'activité morbide qui a lieu ici.

Les fenêtres, petites, obstruées par des grilles et donnent sur une cour intérieure, ne laissant filtrer qu'une lumière pâle et insuffisante. Le silence règne en maître dans cet endroit, brisé seulement par le bruit lointain de cette ventilation rouillée qui grince par moments.

Adam se dirige vers le compartiment le plus grand, tape un code et se gratte la nuque, visiblement troublé.

— C'est lui, confirme-t-il en pointant du doigt le chariot qui contient le corps de l'inconnu, s'éjectant automatiquement du tiroir.

Edith est médusée par la masse énorme sortie de ce tiroir.

Il active le mécanisme de transfert de corps. On entend comme un pilonnage qui percute le sol de la salle avec un bruit puissant et sourd. Elle sursaute à cause de ces vibrations provenant du sol. La masse est lentement glissée vers le centre de la table en acier centrale. Fascinée, Edith la suit sans pouvoir détacher son regard. Un autre pilonnage percute à nouveau le sol, cette fois suivi de cliquetis, comme si on ouvrait les fermetures d'une valise.

Adam saisit un masque dans une boîte posée sur la table et lui en tend un.

— Mettez ça ! conseille-t-il.

Elle hésite un instant, pensant ne pas en avoir besoin, mais l'odeur insupportable émanant du cadavre l'envahit de bien plus près maintenant, provoquant une réaction presque allergique.

— Ne vous inquiétez pas, ça me fait la même chose. Mettez le masque, cela vous permettra de rester dans cette pièce, confie Adam en esquissant un sourire sinistre.

Edith se dépêche de se protéger, ses yeux irrités lui brûlent presque.

— Voulez-vous vraiment le voir ? demande Adam en s'approchant de la masse enveloppée dans un sac mortuaire.

— Qu'est-ce que c'est ? murmure Edith, submergée par l'angoisse, observant avec appréhension chaque parcelle de ce corps qui ne semble plus tout à fait humain.

— Ah, je vous l'ai dit : c'est un énorme amas. Vous venez de l'admettre avant même que le rideau ne se lève ! provoque Adam, s'apprêtant à ouvrir la fermeture éclair du sac mortuaire.

— ATTENDEZ ! s'écrie Edith, une pensée terrifiante l'envahit soudainement.

— J'attends...

— Il était déjà dans cet état quand vous l'avez reçu ? demande Edith, cherchant une explication rationnelle à ces événements extraordinaires.

Adam hoche la tête, un air résigné sur le visage.

— Ça évolue. Il était deux fois moins déformé. J'ai peur que cette chose nous explose à la figure ! plaisante Adam, incapable de dissimuler sa propre appréhension.

Edith pose sa main sur la crosse de son arme et demande à Adam d'ouvrir le sac. Avec une grande prudence, il avance et fait glisser la fermeture éclair tout le long du sac, qui se bloque brièvement en cours de route.

— Dois-je continuer ? demande Adam une dernière fois, pour s'assurer qu'Edith est prête à affronter l'insoutenable.

D'un signe de tête, Edith acquiesce, et Adam écarte complètement les parois du sac, révélant ainsi l'objet de leur attention.

C'est une masse informe de chair déformée, presque dépourvue de peau, humide et glissante, entamant le processus de putréfaction. Des visages et des membres semblent vouloir se former à certains endroits, avec des poils parsemés de manière désordonnée sur la surface.

L'un des yeux de cette montagne de chair les fixe, inerte. Edith sent son sang se glacer au plus profond d'elle-même. Une violente réaction de répulsion, presque physiologique, la submerge. Une nausée terrible l'envahit, au point qu'elle a presque envie de vomir.

Compréhensif, Adam contourne le chariot et rejoint Edith pour la réconforter — Vous voyez, je ne me moquais pas de vous, déclare Adam d'une voix empreinte de sincérité.

Ils restent là, immobiles pendant un instant, face à cette abomination déformée qui défie toute logique. Edith fixe Adam, cherchant désespérément des réponses dans ses yeux.

Cette métamorphose soudaine du cadavre est inexpliquée. Jamais, au cours de sa carrière, elle n'a rencontré un cas semblable, même dans les archives les plus glauques de la police.

— Il était déjà dans cet état quand on vous l'a apporté ? demande-t-elle d'une voix tremblante.

Adam hoche la tête, ses propres certitudes ébranlées par cette situation terrifiante.

— Oui. C'était déjà un énorme amas de chair que vous m'avez envoyé. Honnêtement, je ne sais pas ce que vous attendiez de moi, confesse-t-il, désarçonné.

Edith le fixe intensément, cherchant une explication, une lueur d'espoir dans ce cauchemar grandissant.

Soudain, un bruit sourd résonne dans la pièce, comme si quelque chose bougeait à l'intérieur du corps difforme. Les chairs frémissent, une convulsion parcourt l'amas informe.

— Qu'est-ce que... ? murmure Edith, interrompue par un cri qui s'échappe du monstre informe.

Un bras décharné jaillit de l'amas, suivi d'un deuxième, puis d'une tête difforme qui émerge lentement. Des yeux vides, sans vie, fixent Edith, et une voix gutturale s'échappe des lèvres déformées :

— Edith... tu ne pouvais pas t'en débarrasser si facilement...

Edith recule d'horreur, son arme pointée sur ce « visage ».

Adam, quant à lui, reste figé, dépossédé de son humour glacial, incapable de réagir face à cette créature terrifiante qui se dresse devant eux.

— Tu as essayé de me tuer... chuchote la voix rauque emplissant la pièce.

Le corps se déforme encore davantage dans un craquement d'os, sa chair se métamorphose en une masse grotesque, animée d'une énergie maléfique. Elle s'élance vers Edith, laissant échapper un rire démoniaque.

Dans un geste instinctif, Edith verrouille la position de son arme et tire plusieurs balles dans la créature, mais elles semblent se perdre dans l'amas informe sans lui infliger la moindre blessure.

Prise de panique et de nausée, Edith recule, cherchant le regard d'Adam.

— Ça chatouille ! gronde la créature d'une voix sifflante, un rire glaçant qui résonne alors qu'elle avance inexorablement, rampant sur le sol.

Edith recharge son arme, déterminée à mettre fin à ce cauchemar éveillé, mais Adam lui demande de reculer. Il tient un bidon qu'il a équipé d'une pompe improvisée à la hâte. Puisant dans ses dernières réserves de courage, il se place devant la créature et la besogne généreusement avec son arme chimique.

L'acide déversé commence immédiatement à dévorer la chair de la créature qui semble tenter de l'éviter en s'écartant. Adam appuie inlassablement sur la pompe, vidant le bidon tout entier sur sa cible qui se décompose progressivement, se réduisant à un état presque liquide.

Edith et Adam se fixent intensément, sonnés et figés par la peur que cette abomination leur a insufflée.

— Vous avez déjà vu une horreur pareille ? demande Adam d'une voix fébrile.

Il ne fanfaronne plus. Edith retire son masque, cherchant désespérément de l'air, mais ses poumons ne rencontrent qu'une puanteur insupportable. Elle suffoque.

— Il me traque... murmure-t-elle tandis qu'Adam la soutient, appelant à l'aide ses collègues.

Adam la regarde avec une sincérité inédite chez lui et lui fait une promesse.

— Je vais vous aider Edith. Je vais vérifier ce qu'il y a exactement dans les restes de cette chose et on va trouver d'où elle vient.

Edith relève la tête encore perturbée et lui adresse un grand sourire pour célébrer cette nouvelle complicité.

La salle de bain

Vera et Matanza descendent au rez-de-chaussée, glissant dans le contre-jour pour rejoindre Gregor, figé dans le cadre de la porte. Une tension palpable règne dans l'air, annonciatrice d'un danger imminent.

Vera s'approche de lui, lui serrant la main, son regard rivé sur la grille d'entrée où les chiens se dirigent avec détermination.

Matanza murmure dans un talkie-walkie, échangeant des paroles urgentes avec le poste de sécurité du manoir. Avec ses cinquante caméras, la demeure de Vera Villemont est réputée imprenable.

— Grand-mère, j'ai un pressentiment... confie Gregor, son torse dénudé. Un échange de regards furtifs s'opère entre lui et sa grand-mère qui le dévisage, contemplant les marques fraîchement infligées dans son dos. Du bout des doigts, elle parcourt délicatement chacune des balafres béantes. Puis, elle le retourne doucement pour le mettre en face d'elle.

— Moi aussi, mon petit, j'ai ressenti quelque chose. Moi aussi.

Matanza, qui vient de recevoir une information cruciale, se fige en silence à proximité, hésitant à interrompre l'échange en cours.

— Comment est-elle ? demande Vera d'une voix empreinte de mystère, telle une prêtresse venant de lire l'avenir dans les étoiles.

Matanza, surpris et décontenancé par cette clairvoyance, fait un pas en arrière.

— Allons, parle ! ordonne Vera d'un ton impérieux.

— Je... Elle est brune, elle porte un sac. Elle a des jumelles. Elle est entrée derrière nous, balbutie Matanza.

"Elle nous observe..." murmure Vera devant son petit-fils en larmes.

Gregor peine à exprimer ses émotions. L'abandon de sa mère à sa naissance l'a marqué à jamais. Heureusement, sa grand-mère, désormais comblée de richesse après son mariage avec le richissime Oscar Villemont, l'a pris sous son aile. Il s'est forgé une musculature puissante et agile, un rempart pour affronter toutes les situations. Cependant, malgré son corps endurci, sa grand-mère a toujours eu le contrôle sur son esprit, le façonnant méthodiquement pour qu'il devienne son bras armé, compensant sa propre déchéance physique inéluctable avec le temps qui passe. Ces liens intimes et complexes, ainsi que cette mission implicite de protecteur, le mettent parfois à rude épreuve, le poussant à commettre l'irréparable.

Vera s'approche de lui, le frôlant presque de son corps.

— Gregor, mon petit Gregor, tu dois protéger ta grand-mère, murmure-t-elle, ne détachant pas ses yeux de lui.

Son regard fixe semble vouloir le programmer, le transformer en bouclier ultime. Elle a également effectué ce travail sur Matanza, bien que de manière différente.

— Grand-mère, tu ne dois plus me punir… je n'aime pas « colonne de muscles » non plus, suffoque-t-il à voix basse, éclatant en sanglots.

D'un doigt, Vera relève son menton.

— Alors, tu ne dois plus m'agresser, et tu dois me protéger ! commande Vera d'une voix douce, mais glaciale.

Un long regard intense s'échange entre eux, suspendu dans l'instant. Ce pacte, déjà rompu mille fois par le passé, est de nouveau scellé entre une grand-mère et son petit-fils.

— Retrouve-la et ramène-la ! ordonne Gregor à Matanza d'un ton sévère, accompagnant ses paroles des gestes secs de sa grand-mère.

Matanza acquiesce et se hâte vers le poste de sécurité, pendant que Vera et Gregor remontent au premier étage par l'ascenseur intérieur.

Ils pénètrent dans la vaste salle de bains. Vera montre à Gregor le petit fauteuil bas sans dossier, sur lequel il s'installe à califourchon. Elle ouvre l'un des placards à miroir et en sort un nécessaire de soins. Il perçoit les gestes de sa grand-mère derrière lui. La boîte métallique s'ouvre, suivie du tube de pommade. Il ressent la fraîcheur de la première goutte de pommade sur sa peau endolorie. Puis les mains douces et précises qui étalent le produit apaisant le long des sillons de ses blessures. Il entend le son de la bande de gaze qui s'étire, suivi du bruit cristallin des ciseaux qui coupent. Les doigts appliquent ensuite le tissu sur son dos. Enfin, le concert strident du sparadrap se déroule, le plongeant dans une torpeur qu'il affectionne.

— Voilà, c'est terminé ! déclare-t-elle fièrement.

Il regrette amèrement la fin de la séance. Il pense déjà aux suivantes, s'il n'est pas sage.

Il se relève en tâtant son dos pour tester la solidité du pansement, mais il perd soudain l'équilibre et manque de tomber en découvrant l'apparence profondément transformée de sa grand-mère.

Amusée, Vera l'observe attentivement. Il tente de se redresser, patine et se rattrape au lavabo. Il ne peut détacher son regard de sa grand-mère, obsédé par ce qu'il voit.

— Comment me trouves-tu ? demande-t-elle en tournant sur elle-même, tenant toujours les ciseaux et le sparadrap dans ses mains.

Il n'en croit pas ses yeux. Sa grand-mère ne ressemble plus du tout à celle qu'il connaissait.

Elle a rajeuni.

Ses cheveux blancs sont devenus bruns, ses joues creuses se sont regonflées, ses mains crochues sont désormais fines et élancées, et son sourire est éclatant. Ses vêtements semblent désormais trop petits tant son corps a regagné en vigueur.

Se redressant, il tente de comprendre la situation. Elle lui fait signe de s'approcher, refermant la boîte métallique. Hésitant, il avance d'un pas encore incertain, se demandant si ce qu'il voit est réel.

— C'est toi, grand-mère ? demande-t-il d'une voix presque enfantine.

Gregor est obnubilé, comme s'il découvrait sa grand-mère pour la première fois. Il remarque tous les détails auxquels il ne prêtait pas attention à peine quelques secondes plus tôt.

Elle est vêtue d'une jupe élégante en tissu fluide qui descend jusqu'à ses genoux, apportant une parfaite touche de sophistication à sa silhouette rajeunie. Son chemisier assorti est délicatement orné de motifs délicats, accentuant son allure raffinée et sa poitrine plus bombée.

Complétant sa tenue, elle porte des chaussures hautes qui affinent sa silhouette et ajoutent une touche de grâce à sa démarche nouvellement retrouvée. Ces chaussures, choisies avec soin, apportent une élégance intemporelle à son apparence.

Mais ce qui le frappe le plus, ce sont les changements dans la peau de Vera. Sa peau ridée et terne a retrouvé sa beauté et sa finesse. Elle est désormais éclatante, d'une élasticité surprenante pour son âge. La qualité de sa dentition est également remarquable, ses dents blanches et parfaitement alignées ajoutent une touche de jeunesse à son sourire radieux.

Chaque geste de Vera est désormais plus souple et harmonieux, démontrant la vitalité retrouvée de son corps. Ses mouvements sont empreints de grâce et de légèreté, reflétant la transformation qu'elle a subie.

Vera est une véritable vision de beauté et de jeunesse, comme une apparition qui sidère Gregor, et l'attire d'une manière ambiguë.

— Viens dans mes bras, mon petit, répond-elle tendrement.

Sans réfléchir, il se précipite vers elle et se love dans ses bras bienveillants. Il ressent immédiatement une chaleur irradiante émanant du corps de sa grand-mère. Sa poitrine souple se presse contre son torse.

— Tu me vois telle que je me sens à l'intérieur de moi, confie-t-elle d'une voix fine et presque mélodieuse.

— Je suis perdu, avoue-t-il en relevant la tête qu'il avait appuyée contre l'oreille de sa grand-mère pour profiter de sa chaleur.

— Viens avec moi, l'invite-t-elle en souriant.

Elle le prend par la main et le conduit à travers le vaste couloir jusqu'au salon, lui adressant de temps en temps un sourire complice par-dessus son épaule.

Ils s'installent dans le canapé en arc de cercle et se servent un verre, pour aider Gregor à assimiler ce qu'il est sur le point d'entendre.

CHASSEUR DE PIERRES NOIRES

Vera explique qu'elle s'attendait à revoir sa fille dès qu'elle revu cette pierre noire.

Elle ignore comment sa fille a réussi à la retrouver, mais pense que ce ne doit pas être bien compliqué étant donné sa notoriété en ville. Elle confesse qu'elle avait perdu l'espoir de revoir la pierre de son vivant. Elle raconte comment les services sociaux lui ont injustement retiré la garde de sa fille et l'ont condamnée à de longues années de prison. Empreint de compassion lorsqu'il s'agit de châtiment, il est captivé par cet épisode de la vie de sa grand-mère et de sa mère. Face à cette injustice, elle explique avoir fait le plus grand sacrifice possible. Se sachant bientôt séparée de sa fille, elle lui a remis ce collier au bout duquel pendait la pierre noire. C'était sa dernière volonté, pour la protéger, avant d'être emprisonnée par les autorités.

Vera confie avec calme sa fascination pour le destin de cette pierre revenue vers elle. Elle raconte comment elle l'a découverte lorsqu'elle était enfant, au bord d'une rivière. La pierre était tombée du ciel à une vitesse incroyable, plongeant dans l'eau de la rivière.

Autant qu'elle se souvienne, cette pierre a toujours été liée à des événements mystérieux et surtout à la présence d'un personnage énigmatique qui la poursuit, systématiquement. Elle ignore son identité et ses motivations, mais elle sait qu'il est revenu. Il cherche à récupérer cette pierre qui semble lui appartenir, depuis bien avant qu'elle ne la trouve.

Vera laisse aussi entendre que l'agression envers sa propre mère n'est en aucun cas un acte fortuit. C'est le tribut que la pierre noire a exigé pour revenir entre ses mains. Une lourde menace plane désormais, car elle sait que cette pierre la requiert impérativement. Comme si elle ne voulait pas retourner dans les mains de son premier propriétaire.

Soudain tendue, elle avoue son incapacité à réellement "utiliser" cet artefact. Les effets bénéfiques de la pierre sont indéniables, comme il l'a remarqué à travers le rajeunissement spectaculaire de sa grand-mère. Elle n'a jamais pu comprendre l'utilisation de cette pierre noire, ni réellement comprendre toute l'étendue de ses pouvoirs. Son fidèle ami Oswald a pourtant traversé le monde pour tenter de trouver la trace d'une explication.

Vera sent que la pierre a besoin d'elle aujourd'hui. Elle explique à son petit-fils que sa mission est de la protéger.

Troublé et désorienté, il regarde fixement sa grand-mère, absorbant ses paroles avec attention. Il ressent à la fois une profonde inquiétude et une étrange fascination pour cette situation qui dépasse sa compréhension.

— Je serai ton bouclier, grand-mère, déclare-t-il d'une voix empreinte de détermination.

Elle sourit avec fierté et émotion. Elle serre la main de Gregor dans la sienne, recouvrant la pierre noire au milieu. Ils ressentent la force et la bienveillance qui émane d'elle.

— Nous sommes liés, Gregor, murmure-t-elle.

Il fixe sa grand-mère, dans ce moment suspendu dans le temps. Il adore quand elle prononce son prénom avec cette voix si particulière, à la fois douce et grave. Elle ne le fait pas assez souvent.

Les preuves

— Préparez votre équipe, nous donnons l'assaut ce soir, lâche le commissaire Kroops d'un ton sec et tranchant, emplissant la pièce d'une tension très désagréable. Quand il s'agit de madame Villemont, il met toujours les moyens sur la table.

Edith, décontenancée, se sent submergée par l'obscurité qui s'insinue dans son esprit.

— Mais on n'a pas de preuves, réplique-t-elle d'une voix tremblante tandis que Kroops s'éclipse de son bureau. Soudain, il fait volte-face et se plante devant elle, tel un prédateur qui n'en a pas fini avec sa proie.

— Les caméras et les témoins donnent la même description que vous de cet individu en noir, n'est-ce pas ? rugit-il d'une voix tranchante. Edith, intimidée, murmure faiblement, "Oui."

— D'après la plaque relevée, il a bondi sur la limousine de Vera Villemont, n'est-ce pas ? poursuit-il d'un ton provocateur. Edith garde son regard dans le vide et acquiesce à contrecœur, "Oui."

— Alors de quoi d'autre avez-vous besoin, Edith ? rétorque-t-il de sa voix cinglante, assénant ses mots tels des coups de fouet. Un silence tendu s'installe alors que la jeune femme réfléchit, ses pensées perdues dans le vide. Elle ne cherche pourtant pas une réponse, mais réalise à quel point elle déteste se faire rabaisser par cet homme. Son mépris envers ses subordonnés est insupportable.

— Ça ne colle pas, commissaire. Vous avez bien vu les photos prises à la morgue ? objecte-t-elle, cherchant à ébranler la certitude de Kroops.

— Et alors ? demande ce dernier d'un ton désabusé, semblant dédaigner ses arguments.

— Le corps de ce monstre était réduit en bouillie. Comment aurait-il pu être au volant d'une voiture ? interroge-t-elle avec une pointe d'amertume dans la voix. Kroops la fixe, comme si elle était une simple d'esprit, cherchant à l'intimider.

— C'est ce que nous devons découvrir ! tonne-t-il d'un ton définitif.

Un instant, il semble sur le point de quitter la pièce, mais il fait brusquement demi-tour, débordant d'énergie.

— Et vous avez carte blanche. Je sais que vous en êtes capable ! lance-t-il soudain, adoptant un ton bien plus doux, presque encourageant.

Cette voix de serpent plonge Edith dans un rêve éveillé au parfum amer. Le conditionnement s'est opéré de manière imperceptible au début. Aujourd'hui, elle est à la merci d'un homme perturbé qui prend un malin plaisir à briser puis caresser, jusqu'à posséder psychologiquement. Les souvenirs affluent dans sa mémoire tel un tourbillon d'images. Elle se rappelle le jour où elle avait osé confier ses craintes à la cellule psychologique. Tous ses collègues, sans exception, l'avaient dissuadée. Les conséquences auraient été dévastatrices. Elle ne pouvait rien changer. C'est à cet instant précis qu'Edith a réalisé l'emprise insidieuse de Kroops sur tous ceux qui l'entourent. Chaque esprit a été verrouillé, muselé par la peur et l'intimidation. Elle se demande maintenant s'ils n'en sont pas arrivés à un stade où ils en redemandent.

Son regard se durcit tandis qu'elle observe Kroops, son visage marqué par la cruauté dissimulée derrière un masque presque jovial.

Edith donne les ordres et organise cet assaut pour lequel Kroops a obtenu une autorisation spéciale. C'est un politicien habile, quand ça l'arrange. Son enthousiasme envers elle laisserait croire qu'il cherche autre chose. Il réajuste sa mèche sur son crâne presque chauve et file dans le couloir. Il s'absente temporairement pour prendre soin de sa mère gravement malade. Edith doit l'avertir dès que le dispositif policier est prêt pour l'intervention sur place. Il veut être aux premières loges.

Ces derniers temps, il s'absente souvent pour soigner sa mère. Cela devait être une urgence, car il a laissé la porte de son bureau ouverte.

Habituellement, Edith ne vérifie pas ce genre de choses elle-même. Mais ce soir, elle est animée par un désir de revanche. Pourtant, elle déteste ce sentiment. Elle pousse doucement la porte et la lumière s'allume automatiquement. Kroops est friand de gadgets inutiles. La pièce sent le renfermé. Le bureau est encombré, accumulant le désordre depuis plusieurs jours, avec des papiers éparpillés dans tous les sens et deux ordinateurs allumés. Elle fait quelques pas autour du bureau et s'y glisse derrière. Elle s'installe dans le grand fauteuil en cuir marron et usé. S'asseoir à la place de quelqu'un, c'est comme voir le monde à travers ses yeux. Mais la perspective offerte par le bureau de Kroops ne l'inspire guère.

— Qu'est-ce que tu fais là ? demande Patricia passant la tête dans la porte du bureau.

Edith sursaute et fait grincer la suspension du fauteuil trop large pour elle.

— Rien de spécial, je regarde.

— Il est encore chez sa mère ?

— Oui. Une urgence. Il nous rejoint sur place.

Patricia avance devant le bureau et montre une mallette beige posée sur le côté.

— Tu l'as ouverte ?

Edith la regarde avec surprise et regarde la mallette.

— Non. Pourquoi tu me parles de ça ? Il y a quelque chose d'intéressant dedans ?

— Tu l'as ouverte, pas vrai ? dit Patricia d'un sourire.

— Non. Mais si tu me poses la question c'est que tu sais qu'il y a quelque chose dedans qui peut m'intéresser. J'ai raison ? demande Edith en lui retournant le sourire.

— Oui. Ouvre, tu vas voir.

— Je vois que tu es passée avant moi ici.

— Quand le chat n'est pas là, les souris dansent... chantonne Patricia d'un air de fillette coupable.

— C'est bien ça. On va laisser nos empreintes partout comme des débutantes, commente Edith.

— Avec le nombre de fois qu'on lui a sauvé ses fesses à celui-là... commente Patricia l'air pensif.

— Alors, il y a quoi dedans ?

— Ouvre.

Edith saisit la mallette et la pose à l'horizontale sur le bureau par-dessus le fouillis.

— Elle est déjà ouverte j'imagine ?

— Vas-y ! l'encourage Patricia impatiente.

Edith déclenche les deux verrous et soulève le couvercle. Elle fait l'inventaire du contenu, soigneusement.

— Je ne vois rien de croustillant qui puisse faire notre soirée... cette poupée peut-être ? conclut Edith un peu déçue.

— C'est pour sa fille. Regarde plutôt dans la pochette intérieure... indique Patricia.

Edith passe ses doigts dans le compartiment intérieur et en sort quelques photos imprimées. Son sang se glace et son cœur manque un battement quand elle découvre ces scènes d'orgie avec Kroops, Vera Villemont et un jeune homme très musclé.

— C'est qui ? demande Edith perturbée.

— Tu ne les reconnais pas ?

— Excuse-moi Patricia, je voulais dire tu les as trouvées comment ?

— Oh, toi tu ne sais plus ce que tu dis. Je sais, c'est un choc. Je ne les ai pas trouvées, elles étaient là. On savait qu'ils étaient connectés, mais là, c'est de la prise profonde si je peux me permettre, ironise Patricia.

— C'est exactement ça, confirme Edith en souriant, ça a l'air très récent en plus.

— Oui. On dirait qu'il a laissé ça là exprès, sans surveillance.

— Pour qu'on le découvre en train de faire le sandwich entre la Villemont et le musclé ?

Elles éclatent de rire.

— Arrête, on va nous entendre, demande Edith.

— Franchement, je n'y comprends rien non plus. Après tout, il veut peut-être te montrer son savoir-faire, sans en avoir l'air ?

— Arrête ! Il est sur mon dos toute la journée en ce moment. Je n'en peux plus.

— Justement. Ces photos, ça veut peut-être dire qu'il est prêt à passer à la suite ? imagine Patricia d'un air moqueur.

— Arrête ça. S'il fait la moindre tentative, je le saigne ! menace Edith d'un geste du pouce en travers de la gorge.

— Si tu le fais, appelle-moi, je t'aiderai à le finir ! Après tout, un type qui se balade avec une mallette où il y a un cadeau pour sa fille et les photos de sa dernière partouze ne peut pas être bien méchant !

Un nouvel éclat de rire réunit à nouveau les deux amies.

— Laisse-moi prendre tout ça en photo... voilà... et tout remettre en place, commente Edith en prenant en photo chacune des images avec son téléphone.

— À propos, on a identifié le numéro inconnu qui t'a appelée.

— Et ce n'est que maintenant que tu me le dis ? demande Edith en levant les yeux sur Patricia surprise.

— Pitié, tu parles comme lui maintenant ? Je n'en ai vraiment pas besoin, supplie Patricia d'un geste de la main vers le sol.

— Excuse-moi Patricia. Je crois qu'il déteint sur moi, j'en ai bien peur. Vous avez tenté une localisation ? Un appel ?

— Au moment où il t'a appelé, il était à l'orée du bois du château de Christailles. On a préféré attendre tes instructions pour l'appel. Après, il a filé vers le manoir des Villemont justement.

— Justement... comme par hasard. J'ai le sentiment que ce qui ressemblait à une banale affaire d'agression va nous faire voyager, explique Edith avec un grand geste circulaire au-dessus d'elle.

— On passe l'appel ?

— Oui, je viens avec toi pour l'enregistrement.

— Et les photos ?

— Quelles photos ? répond Edith avec un sourire malicieux.

Le manoir 3

Sylvia est bloquée sous un des chiens. C'est celui avec la tache noire, Hadès. Il est plus lourd qu'elle ne l'espérait. La gorge d'Hadès est ouverte, juste au-dessus de son visage, à la hauteur de sa bouche. Elle recrache le sang, avec dégoût, mais sans faire de bruit. L'autre est inerte à côté d'elle. Elle a courageusement attendu qu'ils soient sur elle pour les poignarder à mort avec toute sa hargne. Car il s'agit bien de vie ou de mort. Pendant le chemin vers le manoir, Sylvia a perçu un changement en elle. Souvent passive face aux aléas de la vie, elle a ressenti ce besoin physique de reprendre son destin en main. C'est presque un sentiment d'urgence pour rattraper le temps perdu. Le vol de sa pierre l'a séparée du dernier souvenir qu'elle gardait de sa mère. Elle se dit que même folle, une mère reste une mère. Elle sait pourtant intuitivement qu'elle va découvrir quelque chose de terrible en remontant à la source, au manoir. Elle a basculé dans cet état particulier où l'on accepte de souffrir et de tout perdre s'il le faut. Un état dans lequel on devient une arme.

Sylvia repousse le corps d'Hadès encore chaud sur le côté. Elle se redresse hors du taillis, s'essuie le visage et découvre face à face les yeux fixes et luisants de Matanza, accroupi silencieux à quelques mètres d'elle. Il est accompagné de deux vigiles de la sécurité du manoir. Ils n'ont eu aucun mal à la localiser avec le réseau de caméras thermiques. Ils ne sont pas intervenus tout de suite, car ils doivent la ramener vivante. C'est une cible prioritaire et fragile.

— Très efficace, commente Matanza en montrant les corps des chiens.

Sylvia ressaisit la poignée de sa lame et se jette comme une balle sur lui. Elle n'a plus aucune envie d'être un jouet dans les mains de ces gens. Elle le renverse et sans hésiter lui tranche la gorge plusieurs fois de suite, à la verticale pour qu'il se vide plus vite, en appuyant bien profond à chaque fois pour libérer sa rage. Elle roule ensuite sur elle-même pour éviter les vigiles qui sont arrivés sur elle pour la neutraliser.

Elle tourbillonne sans cesse sur eux, autour d'eux, sous eux. Sa lame, bien ancrée dans sa main, tranche tout ce qui se présente à elle. Un pied, une main, un ventre, une oreille, la liste semble ne jamais se terminer. Le sang de ces hommes de la sécurité coule sur son bras jusqu'au coude. Ils grognent, gémissent, et l'un d'eux parle dans son talkie-walkie pour appeler du renfort. Sylvia se rapproche de lui et, bondissant sur lui comme un aigle sur sa proie, lui enfonce sa lame à deux mains dans l'œil. Elle plaque sa tête sous son genou et touille la lame dans la cavité oculaire pour faire un maximum de dégâts. Elle enlève le gros du sang sur elle et saisit le talkie-walkie.

— Envoyez les autres, s'il vous en reste, défie Sylvia en parlant lentement dans l'appareil.

Sa voix résonne dans le salon comme un tonnerre. Gregor tourne la tête, d'abord incapable de comprendre ce qui se passe, puis demande à Vera avec des gestes ce qu'il faut faire. Vera pose tranquillement le verre qu'elle savourait et lui fait signe de lui passer la communication. Elle soupire en levant les yeux au ciel.

— Bonsoir Sylvia... c'est maman... dit Vera avec sa voix la plus douce.

L'appareil grésille dans le silence de la pièce. Véra et Gregor se regardent sans bouger. La respiration de Sylvia se fait entendre à intervalles réguliers.

— Cette maison est la tienne Sylvia. Je descends pour t'accueillir, informe Vera en regardant Sylvia sur sa tablette où elle parcourt les différents angles des caméras de sécurité.

Sylvia observe de son côté, avec ses jumelles sur les yeux, mais sans déceler le moindre mouvement à l'étage.

— Nous ne sommes pas armés, ajoute Vera d'un ton qui se veut rassurant, en demandant à Gregor d'ouvrir l'armoire où sont soigneusement disposés fusils et armes de poing. Elle mime le fusil à lunettes tout en pleurant en silence à chaudes larmes quand elle découvre la gorge tranchée de Matanza. Gregor voit que quelque chose de mal s'est produit. Il n'a jamais vu sa grand-mère pleurer. Il la trouve très belle. Mais il n'apprécie pas qu'on la fasse pleurer comme ça. Empli de fureur et de désir de vengeance, il empoigne un fusil à lunette dans l'armoire et y ajoute un silencieux. Il se place dans l'angle mort de la grande fenêtre qui donne sur la zone où se trouve sa mère.

Il voit que Sylvia a récupéré un pistolet et une torche qu'elle pointe sur le manoir par intermittence.

— Ne te fais surtout pas repérer. Je descends la retrouver. Couvre-moi si quelque chose dérape, ordonne Vera avec une voix serrée par la peine.

Il reçoit ces instructions comme une marque de confiance, un honneur. C'est une grande pression qui pèse sur ses épaules. Il ne réalise pas encore complètement qu'il doit défendre sa grand-mère contre sa propre mère.

Sylvia avance furtivement vers le manoir, les sens en alerte, son cœur tambourinant dans sa poitrine. Les rayons de la lune percent à travers les nuages, éclairant de façon lugubre les contours sinistres de la bâtisse. Elle se sent à la fois audacieuse et vulnérable, prête à affronter n'importe quoi.

Au même instant, Vera descend majestueusement les marches du manoir, comme détachée des événements, en essuyant ses larmes pour accueillir Sylvia. Son visage impassible dissimule mal une douleur profonde qui se reflète dans ses yeux et lui tord les tripes. Elle observe sa fille approcher, une arme pointée sur elle, réalisant qu'elle aurait préféré autre chose qu'un duel pour leurs retrouvailles.

Sylvia s'immobilise à quelques mètres de Vera, l'examinant avec une évidente curiosité. Elle superpose les souvenirs de sa mère aux traits de cette femme qui l'attend sur le seuil. Elle peine à la reconnaître. Ni l'apparence, ni l'âge ne correspondent. Quelque chose ne fonctionne pas. Leurs regards se croisent, empreints d'une multitude d'émotions contradictoires. Sylvia sent la colère monter en elle, se mêlant à une douleur profonde qui resurgit dans sa chair. Elle ne parvient pas à contenir le tremblement de sa main armée.

— Rends-moi la pierre ! lance-t-elle à sa mère d'une voix glaciale, allant droit au but.

Vera demeure silencieuse, fixant intensément sa fille, devenue une tueuse. Elle comprend que cette confrontation est désormais inévitable, que passé et présent s'affrontent violemment à cet instant précis. Elle sait maintenant que sa fille est déterminée et prête à tout pour atteindre son objectif. La voix de Sylvia est dénuée de sentiments : aucun regret, aucun amour, juste un ordre. En revoyant sa fille devant elle, à quelques mètres seulement, elle n'aurait jamais imaginé vivre un tourbillon émotionnel aussi déchirant. Les remords la submergent avec violence, son amour pour sa fille demeure intact. À la vue du visage de Sylvia, elle ne peut retenir de nouvelles larmes qui déferlent le long de son visage telles des blessures qui remontent brusquement à la surface. Les blessures infligées à sa fille, qui n'était qu'une enfant. À cet instant précis, Vera est consumée par ses regrets et le vertige d'avoir gâché les vies autour d'elle.

Le regret est un supplice ultime et, par ses actes, Vera s'est infligé cette souffrance.

Le pardon en est l'antidote, mais ce soir, Sylvia ne l'a pas apporté avec elle.

— Rends-moi la pierre ! réitère-t-elle d'une voix plus menaçante, levant légèrement son arme en direction de sa mère.

Vera demeure toujours silencieuse. Elle retire doucement le châle qu'elle avait enfilé à la hâte et le laisse filer vers le sol. Elle lève lentement les mains en l'air, sans détourner son regard de sa fille, puis s'agenouille. Sylvia ne manque pas une seconde de cette mise-en-scène. Elle éprouve un profond dégoût envers ce geste de recherche de rédemption.

— NE BOUGE PAS ! ordonne-t-elle d'une voix sévère.

La vision de sa mère agenouillée lui inspire de la pitié. Elle sait que c'est exactement ce que sa mère attend d'elle : de la pitié. Cette manipulation grossière lui arrache un sourire chargé de mépris. Elle avance lentement, puis recule brusquement. Sa tête heurte violemment le sol et elle laisse échapper son arme. Gregor vient de lui loger une balle dans l'épaule droite.

Étendue sur le sol, Sylvia croise le regard de son fils. Il retire son œil de la lunette de son fusil et l'observe depuis la fenêtre de l'étage. C'est un tir précis, il n'aura pas besoin de tirer une seconde fois. Il descend calmement rejoindre sa grand-mère, qui s'est précipitée sur sa mère, encore étourdie par le choc contre le bitume.

Lorsque Gregor atteint l'entrée du manoir, il est témoin d'un spectacle saisissant : les deux femmes se battent sans retenue. C'est une chorégraphie de coups au visage, d'estomacs lacérés, de griffures et de mèches de cheveux volant dans les airs, dans un concert de cris furieux, graves et stridents. Il se dit qu'elle aurait finalement mérité une seconde balle. Mais ce qui lui glace instantanément le sang, ce qui le laisse sans voix, ce n'est pas ce combat à mort entre sa mère et sa grand-mère, mais la grande silhouette sombre et immobile qui vient de pénétrer dans la lumière devant eux.

Le réveil sonne

Ethan, le ronfleur professionnel, se retrouve une fois de plus réveillé par les multiples vibrations et crépitements de l'appartement qu'il occupe au dernier étage d'une tour délabrée. Le café se chauffe, le petit-déjeuner composé de céréales, d'œufs et de bacon se prépare, la douche préchauffe son eau synthétique, et les persiennes s'ouvrent lentement pour laisser entrer la lumière matinale. On dirait bien que c'est le début d'une magnifique journée de printemps, avec une température maximale prévue juste en dessous des normales de saison. C'est une année plus fraîche que les précédentes.

Mais avant de profiter de cette journée radieuse, Ethan a passé toute la nuit à essayer de démolir ce foutu joueur qui le provoque depuis des semaines de l'autre côté du monde. Ce crétin a réussi à lui voler son château et la moitié de ses pouvoirs sur le jeu vidéo "Puzzle Massacre" en utilisant des bots complètement interdits. Ethan déteste les tricheurs et s'était juré de l'anéantir avec ses propres scripts tactiques intelligents, qui lui ont coûté un bras et une jambe. Mais bien sûr, le système l'a repéré et il s'est fait bannir au moment même où il allait reprendre ce qui lui appartenait. Dégoûté de la vie, il s'est effondré nerveusement dans son fauteuil de jeu et a fini par ramper jusqu'au lit en pleine nuit pour essayer d'oublier sa rage.

Il se tourne et se retourne dans son lit. Il ouvre un œil, puis l'autre. Il réalise qu'il est toujours en vie, mais qu'il a été humilié et banni. C'est un de ces réveils merdiques qu'il déteste.

"Bonjour Ethan, bienvenue dans cette nouvelle journée radieuse à la résidence Espérance. Pedro est en attente et souhaite te joindre. Veux-tu lui parler ou est-ce que je gère la communication ?" demande Zaa, la maîtresse de maison artificielle.

Il déteste encore plus devoir parler à son patron dès le saut du lit. Il se lève en deux temps pour éviter de tomber dans les pommes et enfile son peignoir.

— Vas-y, passe-moi ce con ! confirme Ethan en se dirigeant vers les toilettes pour vider sa vessie.

— Ethan ! Enfin ! Je ne te dérange pas, j'espère ? demande Pedro, le patron d'Ethan, comme s'il en était désolé.

— Non, ça va. Bonjour Pedro, ça va ?

— On a un gros problème. On va être à court de Psykonite pour finir le mois, explique Pedro d'une voix incertaine.

Ethan lève les yeux au ciel, désespéré. Sa défaite de la nuit dernière et son patron vraiment stupide lui donnent une furieuse envie de retourner se coucher.

— Merde Pedro, je t'ai montré qu'on devait augmenter nos achats. Ça part comme des petits pains en ce moment, merde ! grogne Ethan en tentant de viser correctement.

Il y a un silence de l'autre côté du fil.

— Pedro, tu es là ? demande Ethan.

— Oui. Désolé. C'est hors de prix, tu le sais bien. On ne peut pas en commander trop à l'avance. Et là, il n'y en a plus sur le marché avant dix jours. Du moins, pas au prix qu'on peut se permettre.

— MERDE PEDRO ! vocifère Ethan tout en pissant sur le rebord de la cuvette, et un peu à côté aussi.

Ethan fait signe à Zaa de mettre fin à la conversation à sa place. Il sera à la boutique dans une heure.

Cette conversation matinale lui rappelle à quel point sa relation avec Pedro est devenue compliquée.

En ce moment, Pedro Ramirez essaie de le virer, car ces deux-là ont atteint — voire dépassé — leurs seuils de tolérance respectifs. Le comportement radin de Pedro a le don d'irriter Ethan, à chaque fois.

D'un autre côté, Ethan est l'un des meilleurs techniciens du marché. Non seulement il sait installer correctement la Psykonite sans faire exploser les machines des clients, mais il sait aussi la récolter.

Et la récolte, ce n'est vraiment pas son truc à Ethan. Mais bon, en attendant de trouver un patron moins borné, ça paie bien. Assez bien pour lui permettre de se payer cette cage à lapin en haut de la tour Espérance, en plein centre-ville.

"*Ethan, ta douche est prête. Ce matin, j'ai ajouté le gel douche à la rose noire que tu adores. Il y a du stock à nouveau. J'ai pensé que ça te ferait plaisir.*" propose Zaa.

— Génial, merci, Zaa !

"*Par contre, fais attention au sol de la cabine. Le séchage a besoin d'être réparé, ça reste un peu glissant.*"

— Pas de souci, ne t'inquiète pas !

Ethan se déshabille, entre dans la cabine et lève le visage, les yeux fermés. La douche s'illumine et l'eau chaude commence à couler.

— ZAAAAAAAAAAAAAA ! MERDE ! C'EST QUOI CE TRUC ?!

"*Désolée, Ethan. Le thermostat est encore en panne. J'ai essayé de le bricoler cette nuit avec un patch. Apparemment, ça n'a pas suffi...*"

— ZAA, PUTAIN !

"*Voilà de l'eau tiède, Ethan. J'ai ajouté de la pommade apaisante dans le gel douche. Je suis désolée*".

Ethan, furieux, se dépêche de se rincer sous l'eau tiède, essayant de ne pas patiner sur le sol glissant de la cabine de douche.

Tobi, le fidèle compagnon canin d'Ethan, dont le sommeil est plus profond que celui de son maître, se tient perplexe devant la cabine de douche. Il fixe Ethan avec curiosité, encore plongé dans un épais brouillard mental de chien, duquel il a été arraché par les cris.

La sortie de Kroops

Edith et Patricia fixent silencieusement l'écran devant elles, plongées dans une pièce sombre remplie d'ordinateurs. Une tension palpable les envahit alors que Patricia, cette belle blonde aux yeux inquiets, brise le silence :

— Ce n'est pas très légal tout ça, commente-t-elle d'un air préoccupé.

Edith, la brune au regard déterminé, la rassure d'un ton assuré :

— Ne t'inquiète pas, je prends tout sur moi. J'ai besoin de savoir s'il va réellement chez sa mère.

Patricia, emplie d'appréhension, murmure :

— J'ai peur de découvrir autre chose...

Elles échangent un rire nerveux, comme deux fillettes indisciplinées qui espionnent en silence par l'entrebâillement d'une porte.

Edith s'est connectée de manière invisible à l'ordinateur de bord de la voiture de service de Kroops. C'est une occasion rêvée pour elle de rassembler des preuves, si possible compromettantes. Elle aimerait tant le renvoyer élever des moutons en montagne. C'est mignon les moutons. Et la montagne, l'air pur... Mais pour cela, il faudrait que le commissaire ait quelque chose à se reprocher. Les simples soupçons ne suffiront pas. Il faudra des preuves solides.

La voiture serpente à travers la ville. La navigation indique qu'elle se dirige vers l'hôpital. Un premier indice troublant.

— Qu'est-ce qu'il va faire à l'hôpital, celui-là ? s'exclame Patricia, surprise.

— Faire des choses interdites, sans aucun doute ! ironise Edith.

Elles éclatent de rire de bon cœur.

— Bon sang, on va le perdre. Il entre dans le parking souterrain, commente Edith, perplexe.

— Il un badge de l'hôpital ? demande Patricia, tout aussi surprise.

— La preuve.

— Tu étais au courant ?

— Pas du tout.

— En tout cas, ce n'est pas la première fois. Il semble avoir ses habitudes, comme s'il était chez lui.

— Oui. Attends, je réfléchis... Comment pourrions-nous le récupérer ?

Patricia plisse les yeux, fixant le vide. Elle est particulièrement excitée par cette situation inédite qui lui fait découvrir une facette cachée de son patron. Et surtout, elle est prête à aider Edith par tous les moyens.

— Ça y est, on l'a perdu. Plus de signal. Je suis dégoûtée ! s'emporte Edith en repoussant le clavier devant elle.

— Attends... son téléphone portable... c'est notre seule chance.

— Il est certifié confidentiel-défense. Tu sais faire ?

— Moi non, mais je connais quelqu'un.

Edith se tourne vers Patricia, d'un air à la fois effrayé et amusé.

— Tu ne cesses jamais de m'étonner, Patricia. Je t'adore. Et en quoi consiste exactement cette solution ?

— Reste ici. J'appelle Da Vinci.

— Ah, d'accord.

— Ne te moque pas. On l'appelle comme ça entre nous. C'est un génie. Comme "Da Vinci".

Edith sourit chaleureusement, mais reste perplexe.

— Tu te dégonfles ? défie Patricia.

— Avec l'ordinateur de bord, je suis sûre d'être invisible, mais le téléphone... on va déclencher des alertes jusque sur Saturne !

— Je vois. Tu te dégonfles.

— Non, non. Je te fais confiance, ma chérie. Tu as toujours su trouver des solutions incroyables. Appelle ton Mozart. Est-ce quelqu'un de confiance ?

— Da Vinci.

— C'est pareil ! taquine Edith en donnant un petit coup de coude à Patricia.

Les deux amies s'affairent, chacune de son côté, dans un ballet parfaitement orchestré. Patricia communique avec son contact pour accéder au téléphone du commissaire Kroops. Edith supervise la patrouille se dirigeant vers le manoir Villemont. En fine tacticienne, elle donne des instructions précises et complexes, occupant ainsi ses troupes pour gagner du temps avant l'assaut. Après une dizaine de minutes, Patricia se retourne, fiévreuse, des notes griffonnées à la hâte sur toutes les pages de son carnet. Da Vinci s'est montré particulièrement bavard.

— Regarde ça ! s'exclame-t-elle en montrant son carnet à Edith.

— Ah, et qu'est-ce que ça dit ?

— Da Vinci va intervenir à l'ancienne. Il va ouvrir un tunnel crypté pour injecter le code porteur bas niveau et activer la cible sans déphasage ni taper sur le pare-feu.

Edith reste silencieuse un long moment.

— Ce sont tes lèvres qui ont prononcé tous ces mots ? demande-t-elle, les sourcils relevés.

Patricia s'amuse de cette remarque, bien qu'un peu agacée.

— En gros, il faut lui envoyer un lien. Il clique dessus et BOUM ! On entre. On prend le contrôle, explique-t-elle devant Edith qui éclate de rire, presque affaissée sur son siège.

— Très bien, reprenons. Excuse-moi, ma chérie. Je n'arrive pas à croire que tu aies trouvé une solution en dix minutes. Tu sembles avoir ça dans le sang !

— Ne te moque pas. Le seul problème est de trouver un prétexte pour lui envoyer le lien.

— C'est tout trouvé. Il m'a demandé de l'avertir du début de l'assaut !

— Les astres sont avec nous ce soir !

Elles s'amusent de leur plan aussi machiavélique que imprévu et se tapent dans la main, sans penser aux conséquences probables si tout ne se déroule pas comme prévu.

Da Vinci envoie le message tel qu'elles l'ont indiqué, puis un moment de silence, presque solennel, s'installe. Le commissaire Kroops va-t-il cliquer sur le lien ?

— Bingo ! s'exclame Patricia en voyant les premières images de la caméra extérieure du téléphone de Kroops s'afficher en direct sur les écrans.

— Quel con ! Ça bouge sérieusement... observe Edith, légèrement déçue.

— Il tient son téléphone à la main. Il vient de cliquer, n'oublie pas, explique Patricia.

— Attends. Qui est cette blouse blanche ? Adam !

— Tu es sûre ?

— Oui, ça bouge, mais je crois que oui... REGARDE !

— Merde... quelque chose ne tourne pas rond. J'active le son. Silence.

— Ils sont aux toilettes en plus...

— Chut... ! souffle Patricia en faisant un geste de la main pour exiger le silence.

Les voix de Kroops et d'Adam Labiche envahissent la pièce. La connexion est instable, mais les deux policières parviennent à saisir quelques phrases :

Kroops : "... *est-il ?*"

Labiche : "... *encore faible...*"

Kroops : "... *réveille pas...*"

Labiche : "... *couvre, magne-toi...*"

Comme hypnotisées, les deux espionnes d'un soir regardent sans cligner des yeux les images tremblantes qui éclairent leurs visages dans la pénombre de la pièce. Ces bribes de conversation leur donnent des frissons. Le commissaire Kroops et le Dr Labiche ont visiblement une vie secrète, et il ne s'agit pas forcément de plaisirs charnels cette fois-ci.

— De quoi parlent-ils ? demande Patricia.

Edith réfléchit. Machinalement, elle défait l'élastique de sa queue de cheval noire, qui était déjà desserrée. Elle le tort deux fois et le remet en place. La nouvelle queue de cheval est encore moins serrée que la précédente.

— Évidemment, c'est Damien, conclut Edith, pensivement.

— Merde !

— Oui. Damien est en danger, Patricia. C'est le moment. Appelle son numéro. On doit le prévenir et le sortir de là.

— Cachés aux toilettes... t'imagines ?

— Mieux encore : je les vois ! Ça sonne ?

— Oui.

— Mets-le en haut-parleur.

— D'accord.

— Et localise l'appel pour confirmer qu'il est encore à l'hôpital, demande Edith, suspicieuse.

Au boulot

Pedro Ramirez, le propriétaire de l'atelier de réparation de capsules de beauté régénérantes, est un homme dont le physique pourrait être qualifié d'ingrat. Sa stature est plutôt trapue et sa taille est légèrement inférieure à la moyenne. Il a une carrure robuste, mais manque d'élégance dans ses mouvements.

Son visage est marqué par de nombreuses rides profondes, témoignant des années de dur labeur et des soucis qui l'ont accompagné. C'est un de ces types qui s'est sorti tout seul de la misère dans laquelle il est né. Une brute en matière de survie. Sa peau est terne et cendrée, dépourvue d'éclat. Ça dépend de l'éclairage. Pedro a des yeux sombres et enfoncés dans leurs orbites, leur donnant un air fatigué et préoccupé en permanence.

Sa chevelure grisonnante est négligée, avec des mèches ébouriffées qui semblent reprendre vie de temps en temps. Mais c'est souvent une illusion : tout dépend de l'angle d'où on l'observe. Il porte une barbe mal taillée et broussailleuse, donnant l'impression d'un homme qui ne prend pas le temps de soigner son apparence personnelle. Un type qui ne s'aime pas.

Comme aujourd'hui, Pedro est la plupart du temps vêtu d'une combinaison de travail usée, tachée de graisse et d'autres résidus. Ses mains sont calleuses, couvertes de cicatrices et de traces de brûlures. Ses gestes sont souvent brusques et maladroits, révélant son âge, mais surtout, son manque de grâce naturelle.

Il a une posture légèrement voûtée, résultat des innombrables heures passées à travailler sur ses capsules de beauté, à se pencher sur des établis et à manipuler de lourds outils.

Mais tout n'est pas à jeter. Malgré son apparence ingrate, Pedro possède une expression bienveillante et un regard perspicace. Son sourire est chaleureux et sincère, et il a un charme discret qui transparaît dans sa voix douce et rassurante. Ces qualités lui permettent de gagner la confiance de sa clientèle, qui sait qu'il fera tout son possible pour réparer leurs capsules de beauté : la Capsule de Beauté Éternelle.

L'atelier de Pedro s'est taillé une petite réputation dans les milieux fortunés. Cette capsule innovante, dont il a lui-même bricolé les plans année après année, offre à ses clients la possibilité de se transformer physiquement, tout en bénéficiant d'une régénération cellulaire complète, qui rajeunit le corps de plusieurs décennies et promet une forme d'immortalité.

La Capsule de Beauté Éternelle est un cocon élégant et sophistiqué, conçu pour offrir une expérience luxueuse et apaisante. Fabriquée à partir de matériaux haut de gamme, elle se fond harmonieusement dans n'importe quel décor, se transformant en un sanctuaire de bien-être personnel. Ses parois lisses et translucides diffusent une douce lueur ambiante, créant une atmosphère paisible propice à la détente. Pedro, un artiste dans l'âme, tenait particulièrement à cette expérience luxueuse pour ses clients.

Lorsque la Comtesse Pavlova, une des clientes les plus prestigieuses aujourd'hui, a commandé, d'abord une, puis plusieurs capsules pour son domicile, elle a été immédiatement impressionnée par leur esthétique raffinée. Chaque capsule était dotée d'un système d'ouverture automatique, permettant à la Comtesse et à ses invités de s'y installer en toute simplicité. Les dimensions généreuses de l'intérieur garantissaient un confort optimal, tandis que les matériaux hypoallergéniques et anti bactériens procuraient un environnement sain et sécurisé.

Le client est invité à s'allonger sur un lit ergonomique, recouvert d'une literie délicate et luxueuse. Une fois à l'intérieur de la capsule, une voix douce et apaisante guide le client à travers une séance personnalisée de beauté et de régénération cellulaire.

Le processus de beauté commence par une analyse approfondie de la peau et du corps du client, réalisée par des capteurs de pointe disséminés discrètement à l'intérieur de la capsule. Ces capteurs recueillent des informations précises sur les besoins individuels du client et transmettent les données à un système d'intelligence artificielle puissant, qui conçoit un protocole de beauté et de régénération personnalisé.

La capsule est équipée de bras robotiques délicats, munis de divers outils et produits de pointe, capables d'effectuer une gamme complète de soins de beauté. Ces petits bras tombent régulièrement en panne, ce qui permet à Pédro de vendre de coquets contrats de maintenance. Des masques nourrissants et raffermissants sont appliqués sur le visage, tandis que des rayons laser ciblés éliminent les imperfections et stimulent la production de collagène. Les cheveux sont lavés, revitalisés et coiffés avec précision, grâce à des brosses et des appareils de coiffure automatisés.

Mais le véritable miracle de la Capsule de Beauté Éternelle réside dans son pouvoir de régénération cellulaire.

Comme par magie, les rides s'estompent quelques minutes après le traitement, la peau retrouve sa fermeté et son éclat juvénile, et même les cheveux grisonnants retrouvent leur couleur initiale. Ce processus de régénération cellulaire complet permet aux utilisateurs de vivre avec une vitalité et une jeunesse éternelle, offrant une forme d'immortalité physique.

Grâce à une combinaison de technologies avancées, et des propriétés naturelles de la Psykonite, les cellules du corps sont stimulées et réparées, inversant les signes du vieillissement. C'est une roche météorite aux gisements très rares. Il faut de plus en plus souvent voyager dans le temps pour se rendre aux époques où la Psykonite était encore abondante.

Et c'est là qu'entre en piste Ethan.

Il passe la porte du bureau de Pedro qui se réveille en sursaut. En ce moment, il a tendance à s'endormir à tout bout de champ, recroquevillé dans son coin.

— Qu'est-ce qu'on a aujourd'hui ? demande Ethan en faisant résonner sa voix puissante comme un uppercut dans la tête de Pedro.

Ce dernier se relève en faisant tomber son gobelet de café froid — qu'il redresse aussitôt par réflexe — et des papiers qui étaient posés en équilibre sur le bord du bureau. Ethan se dit qu'il fait de la peine à voir. Il n'aime pas se l'avouer, mais il continue avec le vieux aussi par une certaine forme de pitié. Peut-être aussi qu'il lui fera un bon prix pour sa boîte quand il décidera de prendre le large.

— On est en rade sur la Psykonite et on doit livrer la machine de la comtesse Pavlova.

— Mais... elle en a déjà quatre ! s'emporte Ethan.

— Oui, mais c'est une de nos meilleures clientes.

— Fais chier.

— Quoi encore ?

— Rien. Je manifeste mon mécontentement pour que tu ne m'envoies pas récolter tous les quatre matins. C'est devenu une habitude chez toi !

Pedro lève les yeux au plafond en agitant ses deux mains comme s'il pensait « Mais qu'est-ce que j'ai fait pour mériter ça ? ».

— Tiens, écoutes un peu ça. C'est une entrevue que la comtesse a accordée à l'émission « La beauté facile » indique Pedro en lançant la vidéo.

Journaliste : Bonjour, chère Comtesse Pavlova. Nous sommes ravis de vous accueillir aujourd'hui pour discuter de votre expérience avec les Capsules de Beauté Éternelle. Pouvez-vous nous faire part de vos impressions sur cette technologie révolutionnaire ?

Comtesse Pavlova : Bonjour, mon cher ! Eh bien, laissez-moi vous dire que ces capsules de beauté sont tout simplement divines ! Elles sont comme ma propre machine à remonter le temps, mais avec beaucoup plus de style et sans les effets secondaires désagréables de la déformation temporelle. J'ai commandé plusieurs de ces merveilles pour mon domicile et je ne pourrais pas être plus comblée.

Journaliste : Quels sont les aspects des Capsules de Beauté Éternelle qui vous ont le plus impressionnée ?

Comtesse Pavlova : Oh, il y a tellement de choses à aimer ! Tout d'abord, la personnalisation des soins est extraordinaire. Ces capsules m'offrent des traitements sur mesure, adaptés à mes besoins individuels. C'est comme avoir un esthéticien personnel 24 heures sur 24, 7 jours sur 7, sans avoir à supporter les commérages de la salle de beauté.

Et parlons de la régénération cellulaire complète ! C'est comme si mes cellules se rendaient dans un spa de luxe pour des vacances régénératrices. Je ressors de cette capsule avec une peau radieuse et un corps qui semble avoir subi une cure de jouvence. Les gens me demandent si j'ai découvert la fontaine de jouvence, et je réponds simplement : "Non, j'ai ma Capsule de Beauté Éternelle."

Journaliste : Comment ces capsules ont-elles influencé votre vie quotidienne et votre confiance en vous ?

Comtesse Pavlova : Oh, ma chère, cela a été une véritable révolution ! Grâce à ces capsules, je me réveille chaque matin en me regardant dans le miroir et en pensant : "Wow, tu es toujours aussi incroyablement magnifique !". Ma confiance en moi a atteint des sommets vertigineux. Je me sens prête à conquérir le monde, ou du moins à impressionner mes invités lors de mes somptueuses soirées.

Et vous savez, cela va au-delà de l'apparence. Ces capsules ont ravivé ma flamme intérieure. Je me sens plus vivante, plus énergique et plus confiante dans tout ce que j'entreprends. Je suis prête à affronter les défis de la vie avec style et grâce, et cela n'a pas de prix.

Journaliste : Quels conseils donneriez-vous à ceux qui envisagent d'expérimenter les Capsules de Beauté Éternelle ?

Comtesse Pavlova : Mon cher, si vous avez la chance de vous offrir ces capsules, je vous dirais de vous jeter à l'eau ! Ne laissez pas la peur de l'inconnu vous arrêter. Vous méritez de vous sentir aussi fabuleux que moi, et ces capsules peuvent y contribuer.

Mais n'oubliez pas, l'humour est la clé de la vie ! Même avec une beauté éternelle, il est important de ne pas se prendre trop au sérieux. Riez, amusez-vous et fait

Ethan regarde Pedro avec un mélange d'ennui et de pitié.

— Et tu as payé pour ça ? demande-t-il.

— Bien sûr que j'ai payé. Qu'est-ce que tu crois ?

— Ah d'accord, la capsule gratuite que tu dois lui livrer c'est pour ça ? interroge Ethan avec malice.

Pedro ne répond pas et se gratte le cou en regardant ailleurs. Il éternue brusquement plusieurs fois. La poussière de l'endroit l'irrite en permanence.

— Sinon tu comptes y aller comme ça ? commente Pedro, un peu agacé, en montrant du doigt et de haut en bas l'accoutrement particulier d'Ethan.

Ethan se regarde, surpris de cette remarque vestimentaire et répond :

— Oui chef. C'est ma tenue de travail pour aujourd'hui. Il faut dire que ça les fait bien flipper. J'adore.

Ehan se tient fièrement devant son vieux patron, revêtu de son imposant costume du Seigneur des Ténèbres issu du jeu vidéo "Puzzle Massacre". Sa silhouette se perd dans l'ombre de sa cape noire, qui lui confère un air sinistre et intimidant. Le visage d'Ethan, à peine visible dans la capuche, est profilé comme celui d'un aigle, conférant à son expression une aura de férocité.

Sous la cape, il porte une tunique noire en cuir épais, qui lui donne un aspect robuste et imposant. Les manches amples ajoutent une touche de grandeur à sa tenue, évoquant les mystérieux pouvoirs qu'il incarne. La tunique, parfaitement ajustée, met en valeur sa silhouette longiligne et élancée.

Ses bottes, brillantes et montant jusqu'au genou, sont ornées de grandes lanières qui accentuent son allure majestueuse et dominante. Les bottes, associées à sa cape et à sa tunique sombre, renforcent l'impression de puissance et d'autorité qui émane de lui.

— Ne pavoise pas comme ça petit, reprend Pedro, n'oublie pas qu'ils sont tous tarés à cette époque.

— Oh oui. J'ai hâte qu'on trouve d'autres gisements ailleurs... implore Ethan l'air rêveur.

— Et ne te fais pas buter non plus. Ça nous coûte un bras en taxes à chaque fois.

— Je fais de mon mieux Pedro. J'aimerais bien t'y voir...

— Je sais petit. Reviens avec quelque chose. On n'aura pas tout perdu, conclut Pedro en terminant le fond du café froid de son gobelet.

Il se lève et accompagne son jeune prodige vers le canon temporel installé dans son atelier dédié.

C'est un vieux modèle qu'il a lui-même retapé. L'engin est un véritable assemblage intrigant de pièces récupérées et de composants bricolés. L'aspect est, sans surprise, plutôt chaotique. Pedro n'est pas à proprement parler une fée du logis. Il se dit que tant que ça marche, l'apparence n'a aucune importance, comme la sienne. Malgré son aspect rudimentaire, ce canon reste capable de générer des perturbations temporelles suffisantes pour envoyer des individus dans le continuum spatio-temporel.

— Tu aurais pu nettoyer un peu ! dit Ethan en montrant tout l'attirail.

— J'aimerais bien de l'aide, justement, répond Pedro en montrant le bas de son dos qui le fait souffrir toute la journée.

— Arrête avec ça. Je t'ai déjà dit que ma sœur est d'accord pour t'aider.

— On ne peut pas la payer.

— Qui parle de payer ? Vieux schnock ! taquine Ethan en tournant sa cape comme s'il allait dégainer une épée.

Ils avancent jusqu'au centre de la pièce où se trouve une structure circulaire faite de pièces métalliques récupérées, assemblées avec une certaine ingéniosité. Ethan se fraye un chemin en déplacement délicatement les câbles et les fils enchevêtrés qui pendent de manière désordonnée, certains étant même rapiécés à l'aide de rubans adhésifs et de colliers de serrage, tandis que d'autres semblent suspendus sans soutien apparent. Ces fils délabrés sont aussi fragiles que indispensables, car ils véhiculent l'énergie nécessaire pour alimenter les différents mécanismes de la machine.

— Franchement Pedro, franchement, comment tu t'y retrouves dans tout ce bordel ?

— Ce n'est pas du bordel fiston, c'est de la science ! dit-il en esquissant un geste ample en l'air vers la vieille console de commandes.

Cette console est rudimentaire avec des boutons éraflés et des interrupteurs dépareillés. Quand il s'agit de placer des boutons, Pedro est plus Picasso que Michel-Ange. Certains des indicateurs lumineux sont manquants ou clignotent de manière erratique, ce qui ajoute à l'aspect bricolé de l'ensemble. Il se place devant la console et la contemple avec une certaine affection dans le regard.

— On est prêts ? demande-t-il en agitant ses doigts, mains levées, comme un chirurgien avant son intervention.

Il presse quelques boutons, avec délicatesse et pousse deux manettes pour enclencher le générateur : la source d'énergie principale de la machine. Sa surface est plus que patinée. Il grésille quelques secondes et commence à émettre des étincelles régulières. Pedro sait que c'est un signe de fatigue d'une pièce poussée à bout, et souvent à l'origine de pannes épiques à l'allumage. Cependant, malgré ses composants d'un autre âge, il parvient à générer suffisamment de puissance pour alimenter les systèmes critiques de la machine.

— Essaie de ne pas mettre le feu à tout le quartier ! se moque Ethan.

Il ne quitte pas des yeux les fluides étranges et colorés qui affluent dans ces tuyaux de diverses tailles et formes sur toute la structure. Ces liquides mystérieux pour lui sont essentiels pour réguler les champs de distorsion temporelle. Les tuyaux sont maintenus en place grâce à des colliers de serrage rouillés et des morceaux de ruban adhésif au bord desquels la poussière s'est agglutinée.

Bien que leur apparence ne soit pas des plus rassurantes, ils remplissent leur fonction cruciale dans la création des fluctuations temporelles nécessaires au voyage dans le temps.

— C'est bon. Tu peux t'installer, informe Pedro sans lever les yeux de la console.

Ethan se cale au milieu du cercle formé par la machine. Les systèmes s'activent avec des sursauts d'énergie. Les pannes à l'allumage sont fréquentes, et Pedro débloque souvent la situation en assénant de grands coups sur certaines parties précises pour les réactiver. Le générateur commence à prendre de la puissance dans un sifflement assourdissant. Les étincelles et les éclairs erratiques jaillissent des connexions défectueuses, créant une ambiance chaotique qui ne rassure jamais Ethan.

Dans ce vacarme et cette odeur de grillé, Pedro fait des signes pour inviter Ethan à s'immobiliser.

— PUTAIN PEDRO, ELLE GUEULE PLUS QUE D'HABITUDE !

— NE BOUGE PLUS ! INSPIRE ! hurle Pedro pendant que Ethan remplit ses poumons.

Au moment de la projection dans le temps, des vibrations instables secouent la machine, accompagnées d'un grondement sourd et de cliquetis discordants. Les voyants clignotent de manière incohérente, et des odeurs de fumée électrique et de métal brûlé se dégagent de certains composants surchauffés. Tout le corps d'Ethan est pris dans une secousse intense et douloureuse tandis que la machine s'efforce de créer une brèche dans le continuum temporel.

— PLEINE PUISSANCE ! hurle encore Pedro pour signaler que le canon va tirer.

Comme à chaque fois, Ethan lui répond de son clin d'œil porte-bonheur.

Un flash géant de lumière blanche intense illumine tout et Ethan hurle « YEEHAA ! » quand la machine l'envoie vers sa destination. La distorsion se referme derrière lui, la machine s'arrête progressivement et le silence apaisant revient dans l'atelier.

Pedro est épuisé et pris d'une quinte de toux dans toutes ces fumées. Il se mouche dans son mouchoir en tissu sorti de sa poche et s'essuie le front avec pour éponger les épaisses gouttes de sueur.

Même s'il ne lui dit pas, Pedro a toujours un pincement au cœur d'envoyer Ethan dans le temps. Ce canon est stable avec le temps, mais pas avec la géographie. Il y a toujours un risque de rater la cible et d'envoyer le colis dans l'espace intersidéral. Et là, même avec sa cape, Ethan ne pourrait rien faire d'efficace. Tant pis. C'est le risque qu'il prend. La Psykonite fait tourner sa boutique.

Il vérifie les coordonnées de la destination. Quatre cent cinquante ans en arrière, il y a un amas d'astéroïdes qui produisent des pluies sporadiques de cette pierre qui sert de carburant aux capsules de beauté. C'est un ancien filon, presque tari que la concurrence a fini par délaisser. Ça limite les risques d'affrontements sur place. En général, il suffit d'arriver au bon moment pour la récolter, sans faire ou subir trop de dégâts. Ethan est très fort pour ça.

Pedro se sert un nouveau café, chaud cette fois, et se dirige vers son bureau pour assurer son rôle de copilote.

Une journée si particulière

C'est une journée d'été éclatante, où le soleil rayonne majestueusement au-dessus des collines verdoyantes, répandant ses rayons dorés sur la terre fertile. Le ciel s'étend tel un dôme infini d'un bleu profond, sans nuage à l'horizon.

Ethan est arrivé sur la rive sinueuse d'une petite rivière, au moment précis où l'éclat de Psykonite entrait dans l'atmosphère et commençait à briller aussi fort que le soleil.

Pedro a bien fait les choses cette fois. Il n'aura pas à s'échapper d'une prison, à trouver seul la sortie d'une grotte ou à survivre à l'attaque d'un ours comme dans ses voyages précédents.

Il lance l'appel pour rassurer le vieux à partir de sa montre au poignet.

— Pedro ?

— T'es où ? demande Pedro, la peur dans la voix.

— J'y suis ! Tu as tapé dans le mille cette fois ! le rassure Ethan.

— Bizarre... je ne te vois pas sur la carte...

— Il y a trop de lumière, ça ne marchera pas. Je suis près de la petite rivière. Tu l'as ? Et j'ai la marchandise en visuel. Elle arrive dans quelques secondes.

Sur cette bonne nouvelle, Pedro hurle de joie, ce qui fait vibrer le haut-parleur de la montre jusqu'à chatouiller Ethan au poignet.

— Moins fort papy, tu vas me faire repérer ! chuchote Ethan pour calmer les ardeurs de son compère.

Il jette un regard furtif sur tout le périmètre avant de s'accroupir dans la végétation. D'après les instruments, la pierre va finir pile dans cette rivière. Il verrouille le point d'impact et commence à avancer discrètement. Sa tenue noire le ferait facilement repérer dans cette lumière abondante.

— Impact dans trente secondes. Regarde bien où il tombe.

— Tais-toi Pedro...

CHASSEUR DE PIERRES NOIRES

Ethan sent soudainement quelque chose frôler son pied. Il regarde vers le bas et réalise avec horreur qu'un serpent est en train de ramper le long de sa jambe. Ethan est pris de panique, car il a une peur incontrôlable des serpents.

Il se met immédiatement à agiter frénétiquement son pied, essayant de repousser le serpent aussi vite que possible. Dans sa tentative désespérée de s'en débarrasser, il recule précipitamment et trébuche sur sa propre cape noire qui l'entrave. Ses pieds s'emmêlent dans le tissu, et il se retrouve emporté dans une séquence de mouvements d'équilibriste.

Tel un véritable acrobate, il parvient à basculer en avant, mais hélas, enroulé dans sa cape, et commence à rouler sur lui-même. Il se déplace comme une boule massive et rebondissante, essayant désespérément de se libérer de son enchevêtrement. Pendant ce temps, le serpent continue de se faufiler, profitant, très intéressé, du spectacle chaotique qui se déroule devant lui.

Ethan, dépossédé de son équilibre, dévale la pente douce en roulant, faisant des pirouettes involontaires dans les airs et projetant de la terre, des fleurs et des fougères en l'air tout autour de lui. Sa cape noire flotte puis s'enroule dans tous les sens, devenant une adversaire plus redoutable que le serpent.

Finalement, après un enchaînement de rebonds, de pirouettes et de culbutes, Ethan atteint le point culminant de son numéro improvisé et atterrit avec un éclaboussement spectaculaire dans la rivière. L'eau froide l'englobe complètement, faisant disparaître momentanément sa silhouette noire dans un tourbillon d'éclaboussures.

Trempé jusqu'aux os et complètement désorienté, Ethan émerge de l'eau en écartant ses cheveux trempés de son visage. Il fixe le serpent, resté sur la rive, et qui a finalement décidé de prendre ses distances, probablement effrayé par le spectacle qu'il a provoqué. Ethan, quant à lui, est dans un état mélangeant l'embarras et le soulagement, se demandant comment une simple rencontre avec un serpent a pu se transformer en une cascade chaotique dans la rivière.

Le soleil radieux de l'été inonde de sa lumière la maladresse de la situation, si l'on peut dire.

Ethan prend une profonde inspiration, se remet sur pied avec autant de dignité qu'il peut rassembler et se dépêche de sortir de l'eau.

— Ethan !

— Quoi ?

— J'ai perdu l'image. C'est quoi ce boucan ? L'impact a eu lieu. Tu la vois ?

— J'ai glissé.

— Tu as encore marché sur ta cape, je parie ?

— Oh, arrête avec tes leçons Pedro.

— Ce n'est pas pratique une cape quand on ne sait pas voler. Bon, elle est où ?

— Tu as le signal ?

— Oui, j'ai de nouveau l'image, mais c'est trempé.

Avec délicatesse, Ethan essuie son torse où sont logés les instruments.

— Ça va mieux comme ça ?

— Super. La baignade était bonne sinon ? s'exclame Pedro dans un rire sarcastique interminable.

Ethan, encore légèrement étourdi par sa chute comique dans la rivière, se remet sur pied avec précaution. Il secoue l'eau de ses vêtements détrempés et se tourne vers la rivière, espérant retrouver la précieuse pierre noire qu'il était venu chercher. Cependant, ses yeux ne parviennent pas à la repérer parmi les tourbillons de l'eau.

Soudain, alors qu'il observe les alentours avec inquiétude, Ethan aperçoit une petite fillette qui suit le bord de la rivière, une chose sombre dans sa main. Intrigué, il décide de la suivre à distance, se demandant si elle aurait trouvé la pierre tant recherchée.

Avec la discrétion d'un espion furtif, Ethan suit silencieusement la fillette, essayant de ne pas attirer son attention. Chaque pas est soigneusement mesuré pour éviter de faire du bruit, mais ses vêtements mouillés rendent difficile toute tentative de discrétion totale.

Alors qu'il observe attentivement la fillette, Ethan remarque qu'elle tient fermement la pierre noire à deux mains. La combinaison de la surprise et du soulagement l'envahit, car il avait craint d'avoir perdu le fruit de sa recherche dans sa cascade maladroite.

Déterminé à récupérer la pierre, Ethan continue de suivre la fillette, espérant trouver une occasion opportune pour s'en emparer sans l'effrayer. Il tente de se rapprocher discrètement, mais ses pieds mouillés et glissants le trahissent à plusieurs reprises en provoquant des bruits d'éclaboussures.

La fillette, innocente et inconsciente de la présence d'Ethan, continue de marcher le long de la rivière. Elle semble fascinée par la pierre noire, l'observant attentivement tout en étant absorbée par ses propres pensées enfantines.

Ethan se déchire intérieurement entre le désir ardent de s'emparer immédiatement de la pierre et la crainte de terrifier la fillette. Pourtant, il prend une décision qui fait monter la tension : il choisit de laisser la situation se prolonger, espérant désespérément que la fillette se séparera naturellement de l'objet convoité.

Pedro, de plus en plus agacé, lâche d'un ton furieux : "Mais qu'est-ce que tu attends ?"

Ethan, le regard fixé sur la fillette, répond sèchement : "J'attends. C'est évident, non ?"

Le ton de Pedro se durcit, exaspéré : "Tu attends qu'elle vienne te l'apporter, c'est ça ?"

Ethan, résolu, mais plein de contradictions, réplique avec un mélange de détermination et de remords : "C'est une gamine. Je ne peux pas."

Pedro, incrédule, s'exclame : "Encore ?"

Ethan, le regard empreint d'une sombre fermeté, réaffirme son point de vue tout en pointant du doigt l'incompréhension de Pedro

: "Oui, Pedro, encore. Il n'y a que les fous comme toi pour ne pas épargner pas une fillette. J'ai des principes. N'insiste pas. Je ne le ferai pas."

La colère de Pedro éclate brutalement. Ce petit bonhomme d'apparence inoffensive devient soudain une sorte de tornade brûlante et hurlante. Ses mots – incompréhensibles - résonnent avec une rage sans filtre à mesure que les veines de son cou gonflent et que ses yeux tentent de sortir de leur orbite. Puis, après quelques instants, il reprend son souffle et se passe la main sur le crâne en grommelant : "J'aurais dû y aller moi-même. Putain, Ethan. Putain !"

Ethan coupe la communication sans autre forme de politesse. Son patron et lui ne partagent pas la même vision du monde. En particulier sur les limites que chacun se fixe en mission. Pedro est prêt à tout pour sécuriser les récoltes de Psykonite.

Le manoir 4

La grande silhouette sombre reste immobile dans la lumière devant eux, comme un spectre figé dans le temps. Son ombre s'étend sinistrement sur le sol, donnant à l'atmosphère une dimension angoissante et oppressante.

L'homme, apparu de nulle part, se tient là, défiant, sa capuche et sa cape noire flottant dans un coup de vent soudain telle une sombre menace. Son regard perçant, tel des yeux de prédateur, ne quitte pas la lutte qui fait rage devant lui. Il émane de lui une aura de puissance et d'obscurité, gelant l'air qui les entoure.

Vera et Sylvia, épuisées par leur affrontement brutal, sont frappées par une soudaine terreur en apercevant cette silhouette menaçante. Un silence pesant s'installe, brisant même les gémissements de douleur qui s'échappaient des deux femmes.

Avec une lenteur calculée, l'homme avance vers elles, dévoilant peu à peu son visage aux traits durs, visiblement marqués par une vie de mystère et de danger. Son expression glaciale ne laisse transparaître aucune émotion, malgré le chaos qui les entoure.

— Assez ! déclare-t-il d'une voix grave et puissante.

Le ton autoritaire de sa voix résonne dans l'air, gelant sur place Vera et Sylvia. Les deux femmes, captivées par cette silhouette angoissante, mais familière, cessent instantanément leur combat. Elles se redressent péniblement, leurs regards se croisant dans un mélange de haine, de douleur et de tristesse.

— Je te connais, murmure Vera d'une voix tremblante, brisant le silence oppressant. "Mais qui es-tu ?"

Un silence chargé d'incertitude plane pendant un instant, amplifiant la tension qui étreint Vera et Sylvia. Puis, d'une voix calme, l'homme répond :

— Je suis celui qui a observé cette famille depuis des générations. Je suis venu réclamer ce qui m'appartient.

Sylvia, le visage ensanglanté par les griffures profondes infligées par Vera, et le souffle court, fixe l'homme avec une lueur d'espoir mêlée de méfiance. Elle pressent qu'il détient les réponses qu'elle cherche désespérément depuis de longues années.

— Vous avez des réponses, n'est-ce pas ? murmure-t-elle d'une voix fébrile.

L'homme hoche légèrement la tête, laissant planer le mystère et l'angoisse.

— Oui, Sylvia, j'ai toutes les réponses. Mais tu dois me donner cette pierre qui m'appartient.

Une lueur de défi traverse le regard de Vera alors qu'elle se rapproche de l'homme, bravant sa présence oppressante.

— D'où viens-tu ? lance-t-elle d'un ton provocant, cherchant à percer le voile de mystère qui l'entoure.

L'homme tend la main devant lui, révélant des doigts gantés de noir et crochus qui s'agitent dans l'air comme les pattes d'une araignée retournée.

— Donne-moi la pierre, ordonne-t-il d'une voix glaçante.

À ce moment précis, le téléphone de Damien se met à sonner, rompant l'atmosphère tendue. Sylvia, prise dans l'étreinte du combat, l'avait involontairement laissé tomber. Gregor, intrigué, s'approche et le ramasse, décrochant sans hésitation.

— Damien ? demande une voix pressée à l'autre bout du fil. "Ici Edith Lasser, la commandante de police. Tu te souviens de moi ?"

Gregor fronce les sourcils, perplexe, tandis que son angoisse monte en flèche. Il déglutit avec difficulté. Il lève les yeux au ciel comme s'il cherchait de l'inspiration.

— Oui, je me souviens très bien, répond-il d'une voix calme, mais teintée de nervosité.

— Tu es en danger, Damien. Patricia, ma collègue, viendra te secourir cette nuit. Ta vie est en jeu tant que je n'ai pas découvert toute l'étendue du complot qui se trame dans cette ville.

Un ricanement nerveux s'échappe de ses lèvres. Il ne comprend plus la réalité qui se déroule devant lui, ni celle que dépeint Edith au bout du fil. Une nausée tenace et des vertiges l'assaillent soudainement, faisant vaciller sa vision. Vera accourt vers lui pour le soutenir, évitant de justesse sa chute imminente. Elle place son bras autour de son épaule, offrant son soutien sans hésitation. Dans sa main, elle saisit le téléphone, prête à le jeter violemment pour le détruire, mais Sylvia bondit sur elle pour l'en empêcher.

Dans leur lutte désordonnée, Gregor est projeté violemment au sol, sonné. Sylvia, désorientée, assomme involontairement Vera d'un coup de tête maladroit. Alors que le chaos s'installe autour d'eux, Sylvia récupère frénétiquement le téléphone, ses mains glissant plusieurs fois avant de le rattraper fermement.

— Edith, où est Damien ? demande Sylvia d'une voix emplie d'angoisse, les mots s'échappant de ses lèvres comme un cri désespéré.

Gregor, reprenant lentement ses esprits, tente de redresser sa grand-mère qui gît inerte à ses côtés. Les yeux remplis de confusion et d'appréhension, il cherche des réponses dans le regard de Sylvia.

— Où est Damien ? répète Sylvia avec une urgence presque déchirante.

Au même moment, à l'autre bout de la ville, dans leur bureau d'enquête, Edith et Patricia prennent conscience que le téléphone de Damien n'était pas à l'hôpital, ajoutant une couche de mystère à leur enquête. Comme convenu, Patricia s'engage avec une petite équipe pour extraire Damien de l'hôpital, et des griffes de Kroops, tandis qu'Edith lance l'assaut sur le manoir.

Prise d'une pulsion de frustration et d'impuissance, Sylvia jette violemment le téléphone au sol. Elle le regarde rebondir plusieurs fois sur le sol avec rage.

Alors qu'elle reprend ses esprits, en se frottant le crâne endolori, Vera scrute fébrilement les environs à la recherche de la silhouette sombre de l'homme à la cape noire.

— Ça suffit ! s'exclame-t-elle avec une pointe de désespoir. "L'un de vous a-t-il vu où il est allé ?" Elle désigne l'endroit où l'homme se tenait, d'un geste tremblant.

Sylvia et Gregor la fixent, déconcertés. Vera réalise alors que ces deux-là ne lui seront d'aucune aide.

— Gregor, vite ! s'écrie-t-elle, la voix empreinte de panique. "Il a dû monter à l'étage pour chercher la pierre !" Ses gestes sont encore incertains, mais sa détermination est claire.

Gregor ramasse son fusil, regarde attristé vers la dépouille de ses chiens, et fonce à l'étage comme une furie, déterminé à en découdre avec l'intrus à la cape.

Sylvia approche de Vera, menaçante. Vera reste impassible et avance à pas rapides vers la dépouille de Matanza. Sylvia observe les pas souples et agiles de sa mère, avec perplexité.

Verra arrive devant le corps de Matanza, inanimé, les yeux grands ouverts vers les étoiles. Un vent chaud balaye le visage de Vera et ses larmes naissantes. Elle s'était toujours dit que parmi les choses qu'elle ne voudrait pas voir de son vivant, figurait en bonne place la mort de Matanza. Elle espérait partir avant lui. Mais le voilà, gisant, à ses pieds.

La peine et la désolation envahissent Vera qui fond en larmes, à genoux devant Matanza. Elle lui prend une main, tâchée de sang, et ferme les yeux pendant un moment. Un torrent d'images lui traverse l'esprit. Tous ces moments tendres et amusants qu'elle a partagé avec son fidèle ami. Elle se revoit le cherchant dans sa loge après son spectacle.

Elle se faufile habilement dans les coulisses bondées du cabaret, son regard fixé sur la porte de la loge de Matanza, ce comédien de stand-up dont elle admire le talent et la beauté plastique. Elle frappe à la porte à plusieurs reprises, mais aucune réponse ne lui parvient. Découragée, et très intimidée, elle se résigne.

Au moment où elle s'apprête à tourner les talons, la porte de la loge s'ouvre brusquement et Matanza apparaît, penchant la tête pour la regarder. Un sourire solaire se dessine sur son visage.

— Oh, bonjour ! s'exclame Vera, surprise de voir la porte s'ouvrir enfin. J'ai adoré votre spectacle ce soir, vous êtes incroyable !

Matanza la dévisage un instant, ses yeux se posant sur son visage, puis il laisse échapper un léger rire.

— Merci beaucoup, c'est très gentil de votre part. A propos, vous êtes particulièrement jolie. Ça vous dirait de prendre un verre avec moi dans un bar que je connais bien ?

Un frisson d'excitation parcourt le corps de Vera. Elle ne s'attendait pas à une telle proposition, mais elle n'hésite pas une seconde. Elle qui traitait ses copines de filles faciles d'accepter de coucher le premier soir, ne contenait plus son excitation. Matanza semble être un homme sûr de lui, brillant et au pouvoir de séduction magnétique, duquel il joue visiblement sans se priver. Elle se souvient que c'était tout à fait son type d'homme à ce moment-là.

— Bien sûr, je serais ravie ! répond-elle avec un sourire radieux. Je serai enchantée de passer un peu de temps avec vous.

Matanza lui fait signe de l'attendre quelques minutes. Il referme la porte de la loge. Elle se voit attendre devant comme une gamine en chaleur et l'impression qu'il lui a faite quand il a rouvert la porte et qu'il lui est apparu, dans un superbe costume, bien coiffé, son air de glisser sur la vie avec légèreté et son sourire irrésistible. Elle sentait qu'elle allait tomber enceinte d'un simple regard. Elle lui avoue et ils se dirigent ensemble vers la sortie des coulisses, plongés dans une conversation soudaine devenue complice et hilarante.

Sylvia s'approche lentement de Vera, observant sa mère avec compassion. Elle s'agenouille à ses côtés et pose son regard sur le corps inerte de Matanza.

Vera, la voix pleine de colère, crache les mots sans même regarder sa fille, les dents serrées et les poings crispés jusqu'à la douleur.

— Hors de ma vue, sale pute !

Sylvia ne se laisse pas décourager par les paroles dures de sa mère. Elle s'approche encore davantage, délicatement, et lui caresse les cheveux avec une tendresse irradiante.

Dans la pénombre, Vera lève finalement les yeux, les lumières de la ville se reflétant dans ses larmes, illuminant son regard.

Dans le manoir, quelqu'un a coupé la lumière principale. Les veilleuses et chandeliers de secours se sont allumés automatiquement.

Les marches grincent sous les pas précipités de Gregor alors qu'il grimpe lentement les escaliers en bois du manoir, le fusil bien serré entre ses mains tremblantes. Une lueur de peur traverse son regard alors qu'il se dirige vers le premier étage, l'obscurité du manoir lui donnant des frissons. Cette fois-ci, la chasse est insolite. Il traque l'homme à la cape noire dans ce lieu qu'il connaît si bien. Et pourtant, cela rend l'atmosphère encore plus angoissante et terrifiante pour lui.

Chaque marche qu'il gravit le ramène inexplicablement à des souvenirs d'enfance, des jours heureux passés à explorer les couloirs et les pièces de cette demeure majestueuse. Mais aujourd'hui, le manoir est brusquement imprégné d'une aura sinistre, et chaque ombre semble abriter un secret sombre et menaçant.

Le couloir du premier étage s'étend devant lui, plongé dans une obscurité épaisse. Les tableaux, d'ordinaire accueillants et colorés, paraissent désormais sinistres, le regard des personnages semblant le juger. Gregor serre encore plus fort le fusil, cherchant à puiser du courage dans le passé réconfortant, dans ses souvenirs d'enfant heureux.

Soudain, un courant d'air froid glisse à travers le couloir, faisant frissonner Gregor. Les rideaux ondulent mystérieusement, comme s'ils étaient agités par une présence invisible. Il entend un murmure étouffé, des chuchotements indistincts qui glissent dans l'air stagnant. Son cœur bat la chamade, la peur envahissant chaque parcelle de son être.

La connaissance intime des lieux n'apaise en rien ses inquiétudes, bien au contraire. Chaque porte qu'il ouvre révèle des pièces plongées dans l'ombre, des pièces qu'il connaît pourtant par cœur. Les souvenirs d'insouciance sont balayés par une atmosphère angoissante, et Gregor se sent comme un étranger dans son propre sanctuaire.

Le temps semble se dilater, chaque minute se prolonge à l'infini. Les murmures deviennent plus insistants, plus menaçants. Gregor se faufile avec précaution, essayant de rester discret. Il veut attraper l'homme à la cape noire, le stopper avant qu'il ne mette la main sur ce qu'il est venu chercher.

Chaque recoin du manoir devient une cachette potentielle, chaque porte entrouverte un piège. Gregor ne sait pas où sa grand-mère a caché la pierre. Il aurait foncé dans la bonne pièce pour la protéger. Le voici pris dans une poursuite aux allures macabres, une sorte de danse où il doit naviguer entre la peur et sa connaissance des lieux.

La lumière tamisée des chandeliers ajoute une ambiance fantomatique à la traque. Les ombres s'allongent, se tordent et dansent sur les murs, donnant vie à des formes grotesques sur son passage. Chaque bruit, chaque pas feutré résonne avec une intensité dérangeante, faisant sursauter Gregor à plusieurs reprises.

La terreur grandit en lui alors qu'il se rapproche de son objectif. Il sait que l'homme à la cape noire ne se laissera pas facilement attraper, qu'il se battra jusqu'au bout pour obtenir ce qu'il recherche. Mais Gregor est déterminé à le stopper, à protéger ce qui lui appartient, ce qui appartient à sa famille.

La poursuite continue de pièce en pièce, de couloir en couloir. La tension s'immisce jusque dans les murs du manoir. Il lutte contre ses propres peurs, contre les souvenirs d'une époque plus insouciante qui semblent se retourner contre lui.

Finalement, après une traque haletante, Gregor repère l'homme à la cape noire à quelques mètres devant lui. Leurs regards se croisent, une étincelle de détermination dans les yeux de Gregor. Il serre les dents, combat sa peur et se prépare à l'affrontement final.

Dans l'obscurité oppressante du manoir, Gregor se relance à sa poursuite, prêt à affronter ses peurs les plus profondes pour protéger son foyer et sa famille. Il aperçoit la silhouette noire qui traverse devant lui juste au fond du couloir. Il tire, à plusieurs reprises, sans prendre le temps de viser. Il entend à présent des pas rapides, puis lourds à travers les murs.

Il essuie la sueur qui perle sur son front alors qu'il avance prudemment, le fusil toujours à la main. L'adrénaline pulse dans ses veines, mêlée à sa terreur.

Soudain, ses pieds glissent sur une surface visqueuse, et il manque de perdre l'équilibre. Une sensation froide et poisseuse se répand sous ses semelles. Il baisse les yeux et réalise avec horreur qu'il a marché dans une mare de sang épais. Les ténèbres l'ont piégé dans une scène macabre.

Le cœur battant à tout rompre, Gregor avance encore, suivant le sillage de sang qui guide ses pas. Plus il avance, plus la substance glissante devient dense, ralentissant sa progression. La peur se mêle à l'excitation alors qu'il réalise qu'il approche sans doute du but. L'homme est sans doute blessé et acculé.

La lumière filtrée par les fenêtres dévoile peu à peu une silhouette sombre et inerte. Gregor s'approche avec précaution, le souffle court, la main tremblante. La figure gît sur le sol, les vêtements noirs maculés de sang. Est-ce l'homme à la cape noire, enfin vaincu ?

Il se penche pour mieux observer le visage de son adversaire. La tension est palpable alors que Gregor attend le moindre signe de vie. Mais l'homme reste immobile, les yeux clos, sans presque respirer. Gregor laisse échapper un soupir de soulagement mêlé d'une pointe de triomphe.

Il fixe avec méfiance l'homme à la cape noire étendu devant lui, les mains tremblantes tenant toujours le fusil. Incertain de la situation, il décide de tester la réaction de l'homme en touchant délicatement sa joue avec le canon de son arme. Cependant, avant même qu'il ne puisse percevoir une réaction, un vacarme assourdissant envahit l'extérieur du manoir.

Des sirènes de police hurlent, résonnant à la hauteur des grilles qu'ils ont forcées pour entrer dans le domaine. Les voix des agents de l'ordre et les cris de l'agitation montent dans les airs. Intrigué et méfiant, Gregor s'approche rapidement de la fenêtre la plus proche, espérant apercevoir ce qui se passe.

Le spectacle qui se dévoile devant ses yeux est chaotique. Les lumières bleues et rouges des véhicules de police clignotent de manière frénétique. Des agents armés se précipitent, prêts à investir le manoir. Des ordres sont hurlés, créant une cacophonie dans l'air crispé.

Il aperçoit les silhouettes de Sylvia et de Vera qui reviennent en courant vers le manoir.

Gregor sent son estomac se nouer. Que s'est-il passé pour que la police arrive si rapidement ? Est-ce une simple coïncidence ou y a-t-il un lien avec l'homme à la cape noire ? Les questions se bousculent dans son esprit tandis qu'il observe la scène, hésitant sur la marche à suivre.

En se retournant après son court moment de distraction, il se rend compte avec horreur que l'homme en noir a disparu. La place où il gisait n'est plus que vide, laissant une étrange empreinte de son passage sur le sol maculé de sang. Il sent une vague de peur viscérale le traverser. Comment l'homme a pu disparaître si rapidement ?

Il s'éloigne de la fenêtre et se remet en alerte, son instinct de survie prenant le dessus. Il doit rejoindre sa grand-mère et sa mère. Il résoudra l'énigme de l'homme en noir plus tard.

Gregor sent son cœur se serrer en retrouvant sa grand-mère Vera et sa mère Sylvia au rez-de-chaussée du manoir. Le soulagement de les voir saines et sauves est tempéré par l'urgence de la situation qui les entoure. Il sait qu'ils doivent agir rapidement pour assurer leur sécurité.

Vera et Sylvia sont toutes deux visiblement effrayées, leurs visages pâles trahissant leur anxiété. Gregor s'approche d'elles, le fusil toujours en main.

— Ça va aller, nous devons rester calmes. Je vous protège, murmure-t-il d'une voix ferme, mais apaisante.

Vera tremble légèrement, mais elle fait confiance à son petit-fils. Sylvia serre instinctivement la main de Gregor. Il regarde cette main qui cherche du réconfort dans sa présence rassurante. Il regarde Sylvia avec un sourire bienveillant. Puis, sans dire mot, il fait signe de se baisser et de rester en dehors de l'ouverture des fenêtres.

Pendant ce temps, à l'extérieur, Edith, la commandante de police, tient un porte-voix, appelant les occupants à se rendre pacifiquement. Sa voix résonne dans l'air, mêlée aux bruits ambiants. Elle annonce qu'ils sont encerclés, soulignant que l'échappatoire est impossible.

Gregor échange un regard avec sa grand-mère et sa mère, sachant qu'ils n'ont pas d'autre choix que de faire face à la réalité de leur situation. Il se rapproche d'une fenêtre, prêt à répondre à Edith.

— D'accord, nous allons sortir, crie Gregor d'une voix ferme, mais nous n'avons pas d'armes, nous sommes inoffensifs. Ne tirez pas, demande-t-il.

Il espère que ses paroles atteindront la commandante de police, qu'elle comprendra leur volonté de coopérer. Gregor sait que la situation est délicate et il a plus peur pour Vera et Sylvia que pour lui-même.

Les minutes s'étirent alors qu'ils attendent une réponse d'Edith. La tension est à son comble, l'incertitude flotte dans l'air. Finalement, une voix retentit à travers le porte-voix, annonçant que les forces de police vont se préparer à les accueillir sans violence.

Gregor, Vera et Sylvia échangent un regard méfiant. Ils réalisent avec amusement qu'ils se tiennent tous la main, dans leur position de replis près du sol.

— Bien reçu, dit Edith dans le porte-voix, vous avez trente secondes pour sortir un à un, les mains en l'air, sans armes. J'ai un gros plan vidéo sur vous. Si je vois une arme, nous tirons.

Le silence s'installe de nouveau au rez-de-chaussée. Vera ordonne à Gregor de fabriquer un leurre de fortune pour tromper la commandante et la tester.

Le regard fixé sur la fenêtre par laquelle résonnent les instructions d'Edith, son esprit s'active rapidement, cherchant une solution dans cet environnement tendu. Son regard joue au ping-pong avec les objets de la pièce pour en trouver un qui fasse l'affaire.

— Le dossier du fauteuil. Le dossier est amovible ! dit-il en montrant le meuble derrière eux. Vera approuve d'un geste sec du menton et Gregor s'affaire à le déboiter et l'attacher au bout du manche d'un balai. Au bout de quelques secondes, son bricolage censé faire office d'épouvantail de fortune est prêt. Gregor montre son œuvre avec fierté.

— Il te ressemble, taquine Vera, dessinant d'un geste en l'air les épaules larges et le bassin étroit du mannequin.

Sous le regard amusé et les instructions de Vera, Gregor avance lentement le pantin, qu'il tient de l'extrémité du manche à balai.

À peine entré dans l'espace ouvert de la porte, le pantin reçoit une avalanche de tirs croisés jusqu'à le déformer puis le déchirer sur place. Gregor observe avec fascination les restes de son manche à balai déchiqueté, faisant rire les deux femmes.

— C'est qui cette Edith, grand-mère ? demande-t-il incrédule.

— Une folle qui ne peut pas saquer Kroops, notre bon ami.

— Et si ça se trouve, elle couche avec mon mec ! ajoute Sylvia, d'un air désabusé.

— Elle fait quoi là à tirer comme ça ? demande Gregor agacé de ne pas comprendre la situation.

— GREGOR ! hurle Vera.

Gregor se retourne brusquement et aperçoit l'homme à la capuche et à la cape noires se tenant dans l'embrasure de la porte, éclairé par les phares des véhicules de police à l'extérieur.

Le silence s'abat instantanément dans la pièce. Gregor sent une bouffée d'adrénaline lui parcourir le corps, sa vigilance atteignant un niveau supérieur. Il fixe l'homme à la silhouette, cherchant à déchiffrer les intentions qui se cachent derrière son regard perçant.

Les rafales de tirs des policiers reprennent et s'abattent sur l'homme en noir, mais à la surprise de tous, les balles semblent passer à travers lui. Ils observent avec stupéfaction cette scène surnaturelle se dérouler devant leurs yeux.

L'homme en noir reste immobile, presque imperturbable, tandis que les balles traversent son corps sans lui causer le moindre mal. Une lueur de défi brille dans ses yeux.

Le silence règne dans la pièce, seulement interrompu par le sifflement des balles qui ricochent sur les murs et les meubles. L'atmosphère chargée d'une énergie étrange et inquiétante.

Soudain, les tirs cessent. Les policiers sont pris d'une confusion mêlée à de la peur. Edith, la commandante, se fait entendre à nouveau à travers le porte-voix.

— Je vous donne une dernière chance avant l'assaut final. Cessez de nous tester. Nous vous prendrons morts ou vifs ! dit-elle en appuyant sur chaque syllabe.

Vera aperçoit le commissaire Kroops qui court énergiquement vers Edith.

Vera, prudemment, se penche pour essayer d'entendre la conversation entre le commissaire Kroops et Edith. La cape noire de l'homme en noir cache presque entièrement la porte, rendant difficile l'observation de leur échange.

Faisant signe aux autres de se taire, elle tend l'oreille, essayant de capter le moindre fragment de leur conversation. Les voix se mêlent, portées par le vent qui s'engouffre dans le manoir. Malheureusement, la distance et le bruit environnant rendent leurs paroles indistinctes.

Vera, frustrée, mais déterminée, s'efforce de trouver un angle de vue qui lui permettrait d'en apprendre davantage. Elle se déplace silencieusement, en essayant de rester invisible dans l'obscurité de la pièce. Ses yeux scrutent attentivement chaque mouvement, chaque geste des deux policiers en discussion.

Finalement, un léger éclair de lumière traverse les interstices de la cape noire, offrant à Vera un bref aperçu de la situation. Elle distingue les expressions tendues sur les visages du commissaire Kroops et d'Edith. Leurs gestes sont agités, animés par une dispute intense.

Profitant qu'elle s'est approchée un peu trop de lui, l'homme à la capuche et à la cape noire écrase la main de Vera avec son pied. Il appuie très fort, car elle hurle de douleur.

— Donne-moi la pierre ! répète-t-il d'une voix lugubre.

Vera serre les dents, la douleur traversant son corps alors que l'homme à la capuche écrase sa main avec une force impitoyable. Des larmes de douleur physique cette fois jaillissent de ses yeux.

— Jamais ! Tu ne l'auras jamais ! réplique-t-elle, sa voix tremblante, mais empreinte de résistance.

Elle gigote malgré la douleur pour tenter de sortir sa main de cette prise au sol.

L'homme à la cape noire la fixe d'un regard glacial, ses yeux brillants, avec une lueur menaçante. Il resserre encore plus sa pression sur la main de Vera, cherchant à la briser, à la faire plier sous la torture. Mais Vera refuse de céder, sa détermination l'emporte sur la douleur.

Gregor, en proie à une rage brûlante, saisit son fusil et tire à nouveau sur l'homme en noir jusqu'à vider son chargeur.

— Vous ne comprenez pas la puissance que je détiens, murmure-t-il d'une voix sombre et déchirante. La pierre est votre seul moyen d'échapper à un destin funeste. Rendez-la et peut-être épargnerai-je vos vies, dit-il en relâchant la main de Vera.

Sylvia, tiraillée entre la peur et la colère, s'approche de Vera pour l'aider à se relever, sa main blessée ensanglantée. Ensemble, ils affrontent l'homme en noir, solidaires dans leur refus de se soumettre à ses exigences.

— Nous ne vous donnerons rien ! lance Sylvia d'une voix tremblante, soudain très inspirée.

L'homme en noir les observe d'un air méprisant, sa cape flottant autour de lui tel un voile d'ombre.

Soudain, une voix retentit de l'entrée de la pièce, coupant à travers la tension qui règne.

— Arrêtez ! Tout le monde, arrêtez !

C'est le commissaire Kroops qui arrive derrière la cape noire qui s'enroule autour de son visage. Il tente de s'en défaire des deux mains.

— Aidez-moi ! Aidez-moi ! supplie-t-il d'une voix suffocante.

L'homme à la cape s'est retourné en un clin d'œil et il étrangle le commissaire Kroops des deux mains.

D'un ordre vif, Vera demande à Gregor de sauver Kroops. Sans réfléchir, il fonce sur l'homme en noir et tente de l'étouffer à son tour en utilisant toute la puissance que lui offre la musculature opulente de son corps.

Gregor s'accroche, se retourne, se suspend, percute, tire, arrache, assomme, écrase et griffe, mais rien ne lui permet d'arrêter l'homme à la cape noire.

Kroops retombe à terre, inerte. L'homme se retourne sur Gregor, son poing dans sa poitrine et en ressort son cœur qui bat encore dans sa main.

Vera hurle et fonce sur l'homme à la cape qui la repousse à terre sur les corps du commissaire Kroops et de son petit-fils. L'homme tient le cœur de Gregor devant lui et le montre à Vera.

— Donne-moi la pierre ! demande-t-il sans aucune émotion dans la voix.

Vera se trouve dans une situation désespérée, son souffle saccadé et son esprit en ébullition. Elle fixe l'homme à la cape noire, son regard rempli de détermination mêlée à une peur intense. Les battements de son cœur résonnent dans ses oreilles, tandis que l'homme tient toujours le cœur de Gregor comme un trophée macabre devant elle.

La pièce est emplie d'une ambiance sinistre, chaque seconde s'étirant dans un suspense insoutenable. Vera sent l'urgence de la situation, la vie de Gregor entre les mains de cet être maléfique. Mais elle refuse de céder, de se soumettre à ses demandes.

— Jamais je ne te donnerai cette pierre ! rugit-elle, sa voix tremblante, mais empreinte d'une fermeté farouche. Sa main ensanglantée a zébré de sang la cape noire.

L'homme à la cape noire la fixe la tache de sang sur son vêtement d'un regard glacial, ses yeux semblant refléter l'obscurité même. Un sourire méprisant étire ses lèvres alors qu'il resserre sa prise sur le cœur palpitant de Gregor. Furieux, il envoie un coup de pied puissant dans la tête de Vera qui plane et s'effondre aussitôt contre le mur à l'autre bout de la pièce.

— Tu penses pouvoir te jouer de moi vieille bique ? murmure-t-il d'une voix glaçante. Tu ne réalises pas la puissance que je détiens. La pierre est la clé de votre survie. Rendez là où je prendrais vos cœurs un à un.

Soudain, un bruit sourd se fait entendre. Une porte arrière violemment enfoncée, des bruits de pas précipités. Les forces de l'ordre font irruption dans la pièce, leurs armes braquées sur l'homme à la cape noire.

La tension atteint son paroxysme alors que l'homme se rend compte qu'il est acculé. Ses yeux luisent d'une lueur sombre, son visage marqué par la fureur et la frustration. D'un geste rapide, il lâche le cœur de Gregor et recule, disparaissant dans les ombres de la pièce.

Vera reste à genoux, sonnée, mais reprenant son souffle, tandis que les policiers s'approchent d'elle, cherchant à la réconforter. Leur présence rassurante lui permet enfin de laisser éclater les émotions qui l'assaillent.

La pièce est emplie d'une atmosphère de frayeur et de soulagement mêlés. La bataille n'est pas encore terminée, mais ils ont survécu à cet affrontement terrifiant. Vera serre le cœur de Gregor dans ses mains ensanglantées, comme une promesse silencieuse de vengeance et de justice.

Dernière chance

— Pedro, je fais quoi moi ?

— Oh là là, tu insistes mon pote !

— Franchement, je suis complètement paumé. J'ai échoué chez les fous. Ils sont tous fous à lier ici. T'aurais pas un autre gisement quelque part ? Un truc plus simple. J'en ai vraiment marre avec celui-là.

— Pas de bol pour nous, Ethan. Y en a un autre, un peu plus tard dans la ligne du temps, mais la concurrence s'y est déjà ruée. Ça finirait en bain de sang et on ne peut pas se le permettre en ce moment. Déjà que t'es en train d'exploser tous les compteurs en te faisant tirer dessus comme un débutant...

— Ah, je vois. Tu me lâches...

— Eh, ne dis pas ça mon p'tit ! Si j'étais encore en état, je m'y collerais moi-même, tu te rends compte !

— Ce n'est pas drôle du tout, Pedro. J'ai tout essayé. La vieille veut pas lâcher sa Psykonite.

— Je sais. Ça rend les vieilles accros, c'est la base de notre business, mon pote. Il ne faut pas l'oublier.

— Ouais, je sais.

Ethan réfléchit, morose.

— Bon, c'est quoi ton plan maintenant ? demande Ethan avec un air de résignation.

— Tu insistes !

— Ça veut dire quoi "tu insistes" ? Sois plus clair, bon sang !

— Tu dézingues tout le monde et tu trouves la Psykonite.

— Pedro, tu me fatigues avec ton "tu dézingues tout le monde". À chaque fois c'est la même rengaine. Pour une fois, t'aurais pas une autre idée que de tout flinguer ?

— Mon p'tit, c'est rapide et donc moins cher pour nous. De toute façon, retiens bien ça : ils sont déjà tous morts pour nous.

Ethan réfléchit, perplexe. Il n'a jamais rien compris à ces paradoxes temporels.

— Tu ne peux pas localiser la marchandise ? demande Ethan, espérant l'aide précieuse de Pedro.

— Nada, je n'ai rien du tout.

— Mais d'habitude on a un indice, non ?

— Ouais, j'sais pas pourquoi, mais là, j'capte que dalle. C'est impossible. J'sais juste qu'elle est quelque part dans ce foutu bâtiment.

— Il est immense.

— Ouais, j'ai vu. Essaie de flinguer la nana, la plus jeune.

— Dommage, elle est mignonne... Et ensuite ?

— Aucune idée, mon p'tit. Peut-être que ça la fera craquer, cette vieille peau.

— Elle est coriace.

— Essaie quand même. On n'a que ça, de toute façon. Et désolé de te le dire cash, mais bouge-toi le cul. Notre fenêtre temporelle est encore ouverte pendant une heure.

— J'comprends...

Pedro marque un temps d'arrêt.

— Bon, sinon, y a bien un moyen plus simple, mais t'as déjà refusé, dit-il avec du sarcasme dans la voix.

— Lequel ? demande Ethan avec une lueur d'espoir.

— Je rembobine et te ramène un peu avant...

— Pedro... Tu fais chier. Je t'ai déjà dit que je ne touchais pas aux gosses, okay ? Tu captes ? explique Ethan d'une voix à la fois énervée et déçue.

— Okay, okay, pas la peine de t'exciter, mon p'tit. Je disais ça pour t'aider, c'est tout. En tous cas tu aurais pu nous épargner le coup du cœur arraché. C'est moche.

— Pedro, laisse-moi ça au moins. Tu sais que c'est l'attaque favorite du Seigneur des Ténèbres dans "Puzzle Massacre".

— Ouais, ouais. Je sais petit. Un de ces jours faudra que tu penses à grandir un peu aussi.

— Pedro...

— Oui ?

— Va te faire foutre !

Ce jour est venu

Edith pénètre dans la pièce d'un pas hésitant, son arme brandie devant elle. Son regard se fige sur le spectacle horrifiant qui s'offre à elle. Son souffle se bloque dans sa gorge alors qu'elle découvre le carnage. Le cœur de Gregor palpite encore entre les mains ensanglantées de Vera.

Soudain, Sylvia, surprise par l'arrivée d'Edith, réagit instinctivement. Elle se jette sur la commandante de police, cherchant à la désarmer. Les deux femmes s'engagent dans une lutte féroce, roulant sur le sol avec fureur.

Le reste de l'équipe de police arrive rapidement, s'immisçant dans la scène chaotique. Les agents pointent leurs armes, cherchant à maintenir le contrôle de la situation. Dans l'effervescence, Sylvia parvient à prendre l'avantage, mais son attention se détourne un instant des combats pour faire face aux agents qui entrent dans la pièce.

C'est à cet instant que le poing d'Edith frappe violemment le visage de Sylvia. Elle est projetée en arrière, son corps chutant avec force sur le sol. La douleur se répand dans tout son être, son esprit étourdi par le choc.

Edith, tel un félin, se relève avec une rapidité fulgurante. Ses yeux fixent les agents qui pointent leurs armes, prêts à tirer. Dans un mouvement brusque, elle s'interpose entre eux et Sylvia, sa voix se faisant entendre avec son autorité naturelle :

— NE TIREZ PAS !

Un silence lourd s'abat sur la pièce. Les agents de police, surpris par l'intervention d'Edith, abaissent lentement leurs armes, leurs regards interrogateurs fixés sur elle. Les secondes s'étirent dans une tension palpable.

Edith jette un regard féroce autour d'elle, prenant la mesure de la situation. Son visage dégage un dégoût, mais une volonté sans faille de maîtriser cette situation qui a déjà trop dérapé. Son regard se pose ensuite sur Vera, qui tient toujours le cœur de Gregor entre ses mains ensanglantées.

— Ne tentez rien ! C'est terminé, déclare Edith d'une voix calme, mais résolue.

Sylvia, étourdie et groggy, acquiesce faiblement. Elle regarde les forces de police en demi-cercle devant elle et se laisse tomber à genoux, épuisée par les événements qui viennent de se dérouler.

Edith se dirige lentement vers Vera, ses mouvements mesurés et contrôlés. Elle tend la main, comme pour attraper le cœur de Gregor. Vera, remplie de douleur et d'une lueur de défi dans les yeux, le resserre fermement contre sa poitrine, laissant échapper un soupir.

— C'est votre petit-fils ? demande Edith en désignant à la fois le corps et le cœur de Gregor.

Vera reste silencieuse, son regard plongé dans une profonde détresse.

Edith s'approche du corps de Gregor, poussant légèrement son pied pour le faire rouler sur le côté et découvrir ainsi le visage de Kroops. Elle observe longuement son commissaire, allongé à ses pieds, les yeux grands ouverts, fixant un tableau accroché au mur avec un regard vide et lointain.

— Ce cher idiot a toujours eu un faible pour l'art, murmure Edith avec un soupçon de sarcasme.

Puis, elle se tourne vers Vera, esquissant un léger sourire.

— Vous venez de perdre votre meilleur ami, Madame Villemont, déclare-t-elle d'une voix dénuée d'émotion.

Vera, les yeux rougis par les larmes, lui répond sans la regarder :

— Vous ne servez à rien de toute façon. Vous n'êtes bons qu'à ramasser les cadavres.

Une tension palpable flotte dans l'air, les mots empreints d'une animosité profonde. Les deux femmes se font face, leurs émotions et leurs ressentiments se mêlant dans une confrontation silencieuse.

Pourtant, malgré la colère et le chagrin qui les déchirent, une lueur de détermination brille dans les yeux de Vera. Elle refuse de se laisser abattre, de succomber à la douleur et à la noirceur de cette situation.

Edith, quant à elle, ne laisse rien transparaître. Son visage reste impassible, masquant ses pensées et ses motivations réelles.

— Ce type en noir, vous le connaissez ? demande Edith, brisant le silence pesant.

— Oui, répondent Vera et Sylvia simultanément, leurs voix teintées d'inquiétude.

Les trois femmes se fixent mutuellement, réalisant avec stupeur qu'elles ont un ennemi commun.

— Il s'est encore échappé, n'est-ce pas ? demande Edith d'un ton empreint d'expérience.

— Il reviendra, assure Vera d'une voix chargée de certitude.

— Allez, lâchez ça maintenant, demande Edith en désignant le cœur de Gregor. Il ne vous sera plus d'aucune utilité désormais.

Vera observe le cœur de son petit-fils avec tristesse, dépose un baiser délicat dessus puis le dépose doucement sur le sol. Elle réalise que le cœur de Gregor ne bat sans doute plus depuis un certain temps déjà, une réalité qu'elle n'avait pas encore complètement saisie dans la tourmente.

— Je devrais vous arrêter, mais je vais vous protéger. Je ne peux pas laisser ce fou semer la mort dans cette ville, ajoute Edith en s'approchant de Vera et Sylvia. Puis elle demande :

— Vous n'avez pas un peu plus de lumière ici ? dit-elle en désignant les lustres d'un geste.

— Le tableau électrique se trouve dans l'autre pièce, répond Vera d'une voix terne.

Edith fait signe à l'un de ses hommes de vérifier et de rétablir le courant dans le manoir.

— Vera, vous devez tout me dire. Je peux vous aider, propose Edith d'un ton qui se veut plus amical.

— Cela ne servirait à rien. Il reviendra et reprendra ce qui lui appartient, prophétise Vera d'une voix teintée de fatalisme.

Sylvia entoure sa mère de ses bras pour la réconforter, tout en racontant l'histoire de la pierre noire que Vera avait découverte dans son enfance et que leur famille avait conservée pendant des décennies.

Au fur et à mesure que l'histoire se dévoile, Edith devient de plus en plus méfiante.

— Une pierre magique ? Vraiment ? s'exclame-t-elle avec incrédulité et amusement.

Vera et Sylvia la regardent avec un mélange de colère et d'humiliation dans les yeux.

— Allons... Soyons sérieuses, mesdames, dites-moi la vérité, sinon je devrai me fâcher, menace Edith.

Le manoir est soudainement envahi par la lumière. La pièce s'éclaire brutalement, aveuglant les trois femmes et les policiers, les obligeant à plisser les yeux par réflexe.

L'homme vêtu de noir demeure immobile à l'autre extrémité de la pièce.

Une terreur viscérale s'empare des trois femmes lorsqu'elles le découvrent une fois de plus devant elles. Les policiers, stupéfaits, pointent leurs armes vers la silhouette élancée et sombre qui se découpe dans cette soudaine clarté.

— Rendez-moi la pierre, murmure-t-il d'une voix lugubre en levant la main vers Vera.

D'un simple battement de cil, Edith donne l'ordre à ses hommes d'ouvrir le feu sans relâche sur lui. Vera et Sylvia se baissent instinctivement pour se protéger. Les rafales de tirs résonnent et s'enchaînent. Edith saisit également son arme et tire, visant avec précision la tête.

L'assaut se prolonge pendant de longues minutes, jusqu'à ce que les munitions s'épuisent.

La panique s'empare des trois femmes et des policiers lorsque l'homme vêtu de noir commence à avancer lentement dans leur direction, tel le destin funeste et inéluctable prêt à s'abattre sur eux.

— Attendez ! crie Edith d'une voix déterminée en esquissant un geste ferme de la main, c'est moi qui ai la pierre.

L'homme continue d'avancer, ne déviant pas de sa trajectoire en direction de Vera.

Dans un geste de désespoir, Sylvia se précipite sur lui, saute à son cou et tente de lui crever les yeux. Mais sans aucun effort apparent, d'un simple mouvement du bras, l'homme se dégage et propulse Sylvia dans les airs. Elle retombe lourdement, la tête heurtant violemment l'angle pointu d'un buffet appuyé contre le mur, dans un sinistre craquement d'os, sous les regards terrifiés.

Vera, les yeux emplis d'horreur, fixe sa fille immobile étendue au sol.

— Pourquoi tu fais ça ? demande Vera, les yeux rougis par tant de larmes versées cette soirée.

— Donne-moi la pierre, répète l'homme à la cagoule et à la cape noire, en tendant la main vers elle.

Vera le fixe un instant, puis plonge la main dans son décolleté pour en sortir la pierre noire. L'homme s'avance encore vers Vera pour récupérer la pierre.

— Je savais que tu reviendrais. Je savais que tu prendrais ce qui t'appartient comme tu dis si bien. Tu aurais pu le demander gentiment, dit Vera, les pleurs dans la voix, en montrant les cadavres dans la pièce.

L'espace d'un instant, Vera se revoit dans la peau de l'enfant qu'elle a été autrefois. Elle regarde l'homme en noir dans les yeux et dit comme si elle récitait un texte :

« Le soir tombait sur notre maison, peignant le ciel d'une teinte violette et dorée. Les nuages noirs s'amoncelaient à l'horizon, présageant l'arrivée d'un orage d'été puissant. Alors que les premières gouttes de pluie frappaient doucement les vitres, je me dirigeai vers la fenêtre pour la refermer.

Cependant, alors que j'allais tirer le rideau, mon regard fut captivé par une vision inquiétante. Une silhouette sombre, vêtue d'une cape avec une capuche, se tenait au milieu du jardin. Les éclairs déchiraient le ciel à intervalles réguliers, illuminant par moments cette figure mystérieuse. J'avais très peur. Un frisson glacé parcourut mon échine et mon cœur tambourinait dans ma poitrine. La peur engloutit rapidement mon insouciance, laissant place à l'angoisse. Je sentais une boule se former dans ma gorge alors que je fixais la silhouette, qui semblait figée telle une ombre sinistre.

Le vent siffla à travers les branches des arbres, créant une symphonie lugubre qui se mêlait aux grondements du tonnerre. Alors que la pluie s'intensifiait, la silhouette commença à se mouvoir, avançant lentement vers notre fenêtre. Instinctivement, je reculai d'effroi, mes yeux écarquillés fixés sur cet inconnu mystérieux.

Soudain, dans un éclair aveuglant, la silhouette fut illuminée. J'eus alors la chance de distinguer les traits d'un visage encapuchonné, le regard perçant et brillant d'une lueur énigmatique. Malgré la terreur qui m'envahissait, une étrange lueur d'apaisement et de reconnaissance se forma dans mes yeux.

Alors que la silhouette était sur le point de disparaître dans les ténèbres, elle me fit un signe amical, comme pour me signifier que je n'avais rien à craindre. Puis, d'un pas silencieux, elle se fondit dans la nuit pluvieuse, emportant avec elle le mystère de sa présence.

Je restai immobile, les yeux rivés sur la fenêtre, le souffle court. Une multitude de questions tourbillonnaient dans mon esprit, mais une chose était certaine : cette rencontre énigmatique marquerait à jamais mon imagination, nourrissant mes rêves et mes histoires secrètes. »

Vera fond en larmes. Sans la quitter des yeux, l'homme s'arrête, immobile, juste devant elle.

— Tu vois, j'ai porté cette histoire en moi tout au long de ma vie. J'ai compris que tu m'avais épargnée ce jour-là. Et pourtant je ne pouvais pas m'empêcher de penser que tu réapparaîtrais le moment venu. Je le ressentais au plus profond de moi, dit-elle en baissant le regard.

— Ce jour est venu, confirme la silhouette noire, en abaissant sa capuche, devant Vera.

Elle relève les yeux et son regard plonge dans le sien. Le regard de l'homme en noir lui renvoie à présent une lueur de bienveillance et de douceur. Comme si toute la noirceur qui l'entourait avait été temporairement chassée, révélant une âme profonde et compatissante. Leurs regards se tiennent mutuellement captifs pendant de longues secondes. Un silence étrange enveloppe la pièce.

— C'est bien toi. Tu n'as pas changé, après tant d'années, murmure-t-elle, pendant que ses larmes continuent de perler sur ses joues, certaines se détachant de son visage et terminant leur course sur la pierre noire.

Imperceptiblement, le vent à l'extérieur a commencé à se faire entendre, puis à lécher les volets, puis à les faire claquer, puis à secouer les portes, et enfin ce sont les murs du manoir qui ont commencé à frémir, puis trembler, traversés par de sourdes vibrations.

Vera tient la pierre noire devant elle, à deux mains, et la présente à l'homme en noire, comme pour la lui donner.

Un souffle puissant traverse les couloirs du bâtiment et envahit la pièce emportant tout sur son passage. Les bibelots bondissent en l'air et se fracassent contre les murs, les tableaux se décrochent, le souffle va jusqu'à soulever certains meubles et les corps des dépouilles qui semblent soudain léviter en l'air, comme possédées et tentant de revenir à la vie dans des poses grotesques et effroyables.

Edith et ses hommes sont violemment projetés contre les murs, leurs corps s'écrasant avec une telle force qu'ils perdent connaissance instantanément.

Les cheveux de Vera sont violemment éparpillés dans tous les sens, soumis à une puissance incommensurable qui menace de la renverser à tout moment. Cependant, elle tient bon, se tenant debout face à l'homme en noir. La cape de ce dernier dessine des tourbillons obscurs autour d'eux, créant une atmosphère suffocante qui les englobe presque entièrement.

L'homme en noir s'empare de la pierre noire avec une précaution extrême, ses doigts glissant doucement le long de sa surface lisse. Ses yeux se fixent sur l'objet avec une fascination presque enfantine, et un sourire sinistre se dessine sur ses lèvres, évoquant celui d'un enfant face à un bonbon défendu.

Les mains de Vera, si gracieuses et pleines de vie, sont maintenant figées dans les airs, dépourvues de leur précieuse possession. Tandis que les secondes s'écoulent, une étrange transformation s'empare de ces mains délicates et splendides, révélant un déclin inévitable.

Les veines discrètes se dessinent maintenant avec insistance, tournant au bleu foncé et formant un réseau tortueux qui traverse la peau craquelée. La douceur et la fermeté sont progressivement remplacées par une rugosité cailleuse, rappelant l'écorce d'un arbre centenaire.

Les articulations, souples et agiles, sont déjà empreintes de rigidité. Les doigts fins et délicats se tordent légèrement, se crispant comme des griffes recroquevillées.

Chaque ride qui s'approfondit et chaque tache de vieillesse qui apparaît sur la peau renforcent l'amertume qui s'infiltre dans son être, tandis que l'absence de la pierre se fait cruellement ressentir.

Ses doigts tremblent légèrement, puis se referment comme une coquille, cherchant instinctivement à combler le vide laissé par cet objet qui lui a été arraché.

L'homme range méticuleusement la pierre noire dans une petite boîte métallique, comme si celle-ci avait été spécialement conçue pour elle. Chacun de ses gestes est empreint d'une précision chirurgicale, révélant son obsession pour cet artefact précieux. La boîte semble s'adapter parfaitement à la forme de la pierre, comme si elle avait été façonnée spécifiquement pour l'abriter, conférant à cet objet une importance incommensurable.

La réalité s'abat brutalement sur Vera, lui faisant tourner la tête. Elle prend conscience qu'elle a perdu sa famille entière, ainsi que la pierre, et qu'il ne lui reste plus rien pour la retenir dans cette existence. Un tourbillon d'émotions la submerge, provoquant une nausée insupportable. Elle se sent suffoquer, ses entrailles se tordent, et elle vomit de la bile, s'étouffant presque dans ses propres réflexes physiques. Chancelante, elle est au bord de basculer dans l'abîme, mais l'homme en noir la retient fermement, ses bras puissants l'entourant comme un étau, lui offrant à la fois un soutien et une pression.

Les yeux de Vera s'emplissent de surprise, fixant l'homme en noir avec une lueur d'espoir désespéré. D'une voix tremblante, elle le supplie d'une manière bouleversante, implorant son aide pour trouver la délivrance dans la mort. Ses paroles sont chargées d'une détresse profonde, révélant une volonté brisée.

L'homme la serre fermement dans ses bras.

— Pedro... Maintenant ! MAINTENANT ! crie l'homme en noir.

Une journée ensemble

Vera sourit à Sylvia, heureuse de partager ce moment privilégié avec sa fille. L'occasion est plutôt rare ces derniers temps, aussi elle en profite. À grand regret, Sylvia, une styliste de mode très demandée, a peu de temps à consacrer à sa mère et lui a proposé cette journée spéciale pour se faire pardonner. Elles ont passé la journée ensemble, se baladant, visitant un musée, faisant un peu de shopping, Sylvia est allée jusqu'à lui montrer quelques modèles en magasin qu'elle a dessinés, et maintenant elles terminent la journée dans le parc. L'ambiance entre les deux femmes est empreinte de joie et de complicité, et elles échangent des rires et des sourires complices.

Le parc brille sous les rayons chauds du soleil couchant, créant une toile de fond idyllique pour leur moment de partage. Les rires des enfants jouant sur l'aire de jeux voisine se mêlent aux conversations des promeneurs, ajoutant une symphonie de gaieté à l'atmosphère.

— Maman, j'ai adoré cette journée avec toi. Je m'en veux de ne pas pouvoir le faire plus souvent, tu sais ?

— Ne t'en fais pas mon amour. Tu es au top de ta carrière. Il faut que tu en profites avant que ça ne passe.

Les paroles de Vera ont un effet puissant dans le cœur de Sylvia, les yeux brillants d'émotion. Puis ses yeux s'emplissent de larmes d'amour pour cette maman qui se tient devant elle, et qui lui a dédié sa vie pour qu'elle puisse faire ce qu'elle aime vraiment aujourd'hui.

Vera lui sourit tendrement, ressentant la même gratitude pour ces instants précieux. Elles échangent des regards complices, comprenant l'importance de ces moments partagés.

Alors que la soirée se déploie, les lumières de la ville s'allument peu à peu, créant une ambiance magique. Le parc se transforme en un tableau féerique, avec les arbres majestueux dressés comme des gardiens bienveillants et les sentiers illuminés par des lampadaires scintillants.

— Oh... maman ! Tu sens cette bonne odeur de viande grillée ? demande Sylvia le nez levé au vent.

— Je le vois. On l'avait raté. C'est le camion là-bas, à l'entrée ! répond Vera déjà l'eau à la bouche.

Sans autre formalité, mère et fille se dirigent vers la sortie du parc où s'est installé un camion

Cette fin de journée apporte une ambiance animée devant le camion à hamburgers où elles se placent dans la queue et attendent patiemment leur tour. La lumière du soleil déclinant baigne la scène dans une teinte chaleureuse, créant une atmosphère agréable et détendue à cet endroit.

La file de clients s'étend le long du trottoir, chacun impatient de déguster les délices proposés par le camion. Les conversations animées et les rires sporadiques se mêlent, témoignant de l'excitation et de l'anticipation de chacun. Certains clients regardent impatiemment leur montre ou leur portable, souhaitant que le service soit plus rapide, tandis que d'autres discutent entre eux, partageant des recommandations sur les meilleurs hamburgers à choisir.

Le serveur du camion à hamburger est un véritable professionnel. Il enchaîne les commandes avec rapidité et efficacité, prenant soin de satisfaire chaque client avec un sourire engageant. Ses gestes habiles et ses paroles sonores ajoutent une dose d'énergie à l'ambiance déjà animée.

Un léger nuage de fumée s'échappe du camion, portant avec lui l'arôme irrésistible de viande grillée. L'odeur puissante se mêle à l'air ambiant, chatouillant les narines et faisant déjà saliver tous les présents. Elle flotte dans l'atmosphère, créant une envie irrésistible de savourer le festin à venir.

Dans la rue adjacente, la circulation est dense et trépidante. Les klaxons intermittents et le bruit des moteurs ajoutent une cadence urbaine à l'ensemble. Les passants pressés se frayent un chemin, se hâtant de rentrer chez eux ou d'accomplir leurs dernières tâches de la journée. Certains promènent leur chien en laisse, tandis que d'autres marchent rapidement avec des sacs de courses à la main.

Non loin de là, le parc déborde encore d'enfants joyeux qui ont retrouvé leurs parents une fois l'école finie. On peut entendre leurs rires enjoués et leurs conversations animées alors que certains se dirigent sans doute vers leurs domiciles respectifs en sortant du parc. L'excitation de la fin de la journée scolaire se mêle à l'air, créant une atmosphère légère et empreinte de bonheur.

— Qu'est-ce qu'elles veulent les jolies dames ? demande le serveur, sortant Sylvia et Vera de leur conversation anodine.

— Bonjour, on voudrait deux hamburgers avec des oignons, s'il vous plaît, demande Sylvia d'une voix enjouée.

— Le double hamburger est en promotion en ce moment, mes belles dames ! rétorque le vendeur d'un ton goguenard.

Sylvia et Vera échangent un regard amusé entre elles et avec le vendeur, et décident de céder à cette tentation inattendue.

— D'accord. Deux doubles hamburgers ! confirme Sylvia d'une voix énergique pour se faire entendre dans le vacarme.

Le serveur, massif comme un chêne, leur tend bientôt deux hamburgers déjà préparés, emballés dans du papier gras. Elles les observent avec étonnement. Les burgers leur semblent étrangement petits. Leur expression déçue n'échappe pas au vendeur.

— Mesdames, c'est un double ! explique-t-il, agacé par leur apparente ingratitude.

Elles lui adressent malgré tout un sourire de remerciement, mais il hausse simplement les épaules, interprétant cela comme une moquerie à son encontre. Sylvia et Vera empoignent leur repas – allégé — et s'éloignent le long du trottoir de l'avenue.

Les yeux de Sylvia et de Vera s'écarquillent, alors qu'elles déballent leur double hamburger, dégoulinant de gras. Elles avalent une bouchée vorace au même moment. Elles échangent un sourire complice et amusé de gloutonnerie. Le goût de la viande grillée, de la sauce épaisse et des oignons croustillants les transporte dans une extase gustative. Après une journée entière de pérégrinations dans la ville, ce double hamburger est une récompense suprême.

Elles continuent de marcher tranquillement en savourant leur repas, quand un superbe chien dalmatien fait son apparition au tournant du trottoir. À mesure qu'il s'approche, elles remarquent son pelage tacheté caractéristique, et la tache noire parfaitement centrée sur un des yeux.

Ce chien, encore jeune et plein de vivacité, arpente la rue d'un pas sûr et décidé, attirant les regards sur son passage.

Le chien, comme ensorcelé de loin par l'arôme de la viande grillée, tourne déjà autour d'elles, cherchant le meilleur angle vers les hamburgers.

Alors qu'elles s'amusent des facéties du jeune dalmatien, Vera est captivée par le regard du jeune homme vêtu de noir qui s'approche d'elles. Il se déplace avec une grâce féline, sans montrer le moindre effort, presque de manière irréelle. Sa stature imposante dégage une aura bienveillante et une irradiante bonté émane de lui.

Le dalmatien, un peu fourbe, cesse de tourner autour d'elles, abandonnant l'espoir de grignoter leurs hamburgers, et se met à marcher aux côtés du jeune homme. Il avance droit, comme si de rien n'était, mais son regard en coin trahit sa déception d'avoir manqué un festin inattendu.

Le jeune homme s'approche d'elles, saluant poliment et s'excusant pour les frasques parfois incontrôlables de son ami à quatre pattes. Pendant un instant, les yeux de Vera se perdent dans ceux du jeune homme. Ils établissent une connexion mystérieuse qui semble durer une éternité. Puis, avec un sourire, il leur souhaite une agréable fin de journée et poursuit son chemin. Vera ne parvient pas à détourner le regard tandis qu'il s'éloigne.

— Maman, tu ne finis pas ton hamburger ? demande Sylvia en fixant également le jeune homme.

— Si, si, répond Vera d'une voix tremblante et perdue dans ses pensées.

— Maman... tu trembles. Tu le connais ? demande Sylvia, intriguée par le trouble soudain de sa mère.

Le jeune homme et son dalmatien s'éloignent, tournant au coin de la rue, et disparaissent de leur champ de vision.

FIN

Did you love *Chasseur de Pierres Noires*? Then you should read *Pas de Trésor pour les Braves*[1] by Paul Toskiam!

[2]

Dans une course effrénée contre la montre, Lola, **une héritière** d'une clé ancestrale, s'allie à Oscar, **un ex-soldat,** pour déterrer le plus grand trésor de l'Histoire.

Mais dans ce monde en chaos de la guerre, c'était sans compter sur Victor, un **maniaque en fauteuil roulant,** qui veut aussi sa part du gâteau. Et quel est ce lien si étrange entre cet homme difforme et rongé par le mal et Lola ?

Que feriez-vous si vous étiez plongé dans une quête où chaque décision pourrait vous mener à la fortune ou à la perte ?

---

1. https://books2read.com/u/m2akGo

2. https://books2read.com/u/m2akGo

Court et **intense comme une rafale**, ce roman vous emportera dans un monde où tout bascule et où chacun veut tirer son épingle du jeu, quel que soit **le prix à payer !**

Une aventure explosive Paul Toskiam vous plonge dans un tourbillon d'action où s'entrechoquent:

· Des héros au caractère bien trempé

· Des affrontements épiques à couper le souffle

· Des antagonistes aux motivations troubles

· Un mystère incroyable gardé depuis la nuit des temps

Une expérience immersive

Accrochez-vous et préparez-vous à:

· Vivre une quête palpitante comme si vous y étiez

· Être surpris à chaque page par des rebondissements inattendus

· Vous questionner sur vos propres limites face à l'extraordinaire

Ne manquez pas cette aventure palpitante qui vous tiendra en haleine jusqu'à la dernière page. Achetez votre exemplaire dès maintenant et rejoignez la quête du trésor du siècle !

Also by Paul Toskiam

The Curse of Patosia Bay
Le bus de la peur
The fear bus
Elle mord les Zombies !
She Bites Zombies
No Treasure for the Brave
Pas de Trésor pour les Braves
Black Stone Hunter
Chasseur de Pierres Noires

About the Author

Discover the captivating universe of PAUL TOSKIAM, the master of the extraordinary infiltrating the ordinary. With a voracious pleasure for turning mundane situations into thrilling adventures, he will make you reevaluate your certainties and completely shake up your perspective.

Forget about traditional patterns because with PAUL TOSKIAM, you will be drawn into extraordinary plots where tension is palpable on every page turned. The heroes and villains are not who you think they are. It's what will drive you crazy, but also what you'll love.

But that's not all, subtle and irresistible humor is one of PAUL TOSKIAM's trademarks. His characters come to life with realism, becoming endearing and unpredictable, adding a unique touch to each story.

www.ingramcontent.com/pod-product-compliance
Lightning Source LLC
Chambersburg PA
CBHW021207160726
47994CB00001B/372